IL BURBERO MILIARDARIO

PADRE SINGLE AUTORITARIO
BOOK 1

WILLOW FOX

ALLISON WEST

SLOW BURN PUBLISHING

Sono Levi Luxenberg. Miliardario di quarant'anni. CEO della Luxenberg Enterprises. E, a quanto pare, padre di una bambina.

Una settimana fa, avere figli non rientrava nemmeno nei miei piani dei prossimi dieci anni.

Ora, ho una figlia di cinque anni che a malapena mi degna di uno sguardo.

Sono consapevole che Amelia stia elaborando il lutto per la morte di sua madre, e giuro che non sono un completo idiota, ma sono salito su un jet privato per Chicago in un attimo e la bambina non vuole nemmeno rivolgermi la parola.

Come se non bastasse, il nostro pilota si è ammalato e devo prendere un volo di linea per la prima volta dopo anni.

Penseresti che finisca qui, ma no.

La ciliegina sulla torta?

Amelia preferisce interagire con Clare, la donna divorziata, disoccupata e un po' brilla seduta proprio davanti a noi, piuttosto che con me.

Chiacchiera con lei, sorride... le ha persino fatto un disegno, dannazione.

Sarei davvero arrabbiato se non avessi effettivamente bisogno di una tata. Con urgenza.

Dal momento che la mia assistente ha rovinato il mio annuncio di lavoro facendomi sembrare un miliardario burbero e disperatamente in cerca di moglie, Clare improvvisamente sembra perfetta per il lavoro.

Non ha un posto dove vivere, non ha idea di chi io sia e non ha problemi a diventare la mia tata convivente in prova.

Il problema è che credo di volerla tenere con me più a lungo...

CAPITOLO 1

Levi

«Miliardario burbero cerca disperatamente una tata per la sua bambina di cinque anni. Aspettatevi di lavorare fino a tardi, non avere vita sociale, molte lacrime e assolutamente niente alcol, droghe, feste o divertimento.»

Questo è l'annuncio pubblicato stamattina. La mia assistente, stanca delle mie bravate, ha deciso di darmi una lezione. Non posso credere che Nancy pensasse che volessi mettere questo nell'annuncio, che sono un miliardario. Sta cercando di attirare ogni cacciatrice di dote?

Ammetto di non essere stato sempre gentile con la mia assistente. Le è stato richiesto di gestire chiamate da precedenti appuntamenti, costretta a dir loro che non sono interessato.

È questa la sua idea di vendetta?

«Che c'è?» rispondo al telefono. È la mia assistente.

«Ha ricevuto il messaggio che il Suo volo di ritorno è stato cancellato?»

«No» ringhio, e metto Nancy in vivavoce mentre apro i miei messaggi. Ci sono dozzine di messaggi e ancora più e-mail che sono state ignorate.

Sono un uomo impegnato, e non ho avuto tempo nelle ultime quarantotto ore per occuparmi del lavoro.

Ho appena scoperto di essere padre, e la bambina è stata portata in una casa-famiglia temporaneamente, dopo che sua madre è morta in un incidente automobilistico.

Il mio avvocato ha gestito un test comparativo del DNA e ha richiesto il DNA di Amelia. Ho visto la verità con i miei occhi su carta. Anche se, dopo aver fissato la piccola bambina e i suoi occhi blu come le profondità dell'oceano, so che è indubbiamente mia. Ha i capelli biondi e la corporatura di Katelyn. È piccola per la sua età, ma il certificato di nascita di Amelia ha effettivamente il mio nome come padre. E la data di nascita della bambina coincide con quando Katelyn ed io stavamo insieme.

Amelia non ha detto una parola da quando l'ho conosciuta. Sono sicuro che la bambina parli, ma il silenzio è più pesante di quanto avrei potuto immaginare.

Sicuramente è perché è in lutto.

Anch'io.

Ma per ragioni diverse.

Non sono pronto a essere un padre.

Guardo la bambina seduta di fronte a me. Non ha toccato la sua colazione, e ho praticamente ordinato un po' di tutto dal menu perché si è rifiutata di dare il suo ordine alla cameriera.

«Posso prenotarle due biglietti di prima classe diretti da O'Hare a JFK.»

«Informi Douglas della situazione del viaggio e che avremo bisogno di essere prelevati dal JFK.»

«Me ne occupo io» dice Nancy. «Le mando i dettagli del volo via messaggio.»

«Odio volare con i voli di linea» borbotto.

«Mi dispiace, signor Luxenberg.»

«Sì, anche a me.» Termino la chiamata e infilo il telefono nella tasca della giacca.

Amelia mi fissa, i suoi pancake intatti. Proprio come il frappè alla fragola, con la panna montata che cola lungo il bicchiere.

Rubo un pezzo del suo bacon, e i suoi occhi si restringono verso di me come se fosse suo e non dovessi toccarlo. Ma non mi rimprovera.

Vengo accolto solo da ulteriore silenzio. Preferirei quasi che urlasse, strillasse, piangesse e facesse i capricci. Non che sarei bravo a gestire quel tipo di sfogo, ma il silenzio mi fa così tanto male al cuore.

Sto praticamente annegando in mare aperto e ho disperatamente bisogno di una tata, qualcuno che sia bravo con i bambini.

Il mio telefono squilla per una notifica dalla tasca, lo afferro, dando un'occhiata al messaggio di Nancy che conferma l'assegnazione dei posti. Siamo entrambi sullo stesso volo, ma Amelia è assegnata alla fila davanti a me.

I posti non sono vicini.

«Cazzo!»

Gli occhi di Amelia si spalancano e la sua mascella si abbassa mentre mi fissa.

«Non dire quella parola» la rimprovero prima che possa ripeterla.

Finiamo al ristorante e andiamo direttamente all'aeroporto. Non ho bagagli da stiva, solo la valigia a mano e lo zaino. La bambina non è arrivata con molti vestiti, giusto un piccolo zaino con una manciata di abiti.

Ieri sera e di nuovo questa mattina, Amelia si è rifiutata di togliersi il tutù rosa acceso con volant, le calzemaglie bianche e la maglietta anch'essa bianca. È sorprendente che sia ancora pulita dopo aver dormito in hotel.

Testarda.

Un altro motivo per cui ho bisogno di una tata. Non sono la persona più paziente del mondo.

Saliamo sull'aereo in anticipo, e spiego all'hostess la nostra sistemazione. Il volo è al completo, ma la donna seduta accanto a me si offre di fare cambio di posto. È carina, con lunghi capelli biondi e una figura formosa che fa scattare il mio cazzo sull'attenti, ammirando le sue curve.

«Ciao, sono Clare» dice la bionda, sorridendo ad Amelia.

Amelia stringe più forte il suo unicorno di peluche. La sua criniera è arcobaleno e scintillante, ed è l'unico giocattolo che la bambina ha portato con sé.

«È timida» dico, non volendo dilungarmi sul recente trauma nella sua vita con questa sconosciuta.

«Ero timida anch'io alla sua età» dice Clare, i suoi occhi completamente su Amelia. È come se io non esistessi. «Come si chiama il tuo amico?» chiede, indicando l'unicorno.

Clare si sposta nella sua nuova fila davanti a noi sull'aereo. Non si siede. Si china, appoggiandosi al poggiatesta, cercando di interagire con Amelia.

Amelia non risponde, ma io sì. E la mia è più che altro una reazione brusca.

«Basta domande per oggi,» dico con tono irritato. Le faccio cenno di tornare al suo posto.

«Non c'è bisogno di essere scortese,» dice Clare, e si gira, sedendosi.

Amelia arriccia il naso, e non riesco a capire cosa stia pensando. Porta l'unicorno vicino al viso e le sue labbra si muovono impercettibilmente, ma non riesco a sentire cosa stia dicendo. È come un segreto tra lei e il suo amico peloso.

Non mi scuso con la ragazza seduta nella fila davanti a noi. Forse dovrei, visto che mi sta facendo un favore cambiando posto.

«Sei mai stata su un aereo?» chiedo ad Amelia.

Non mi risponde. Sua madre non ha sempre vissuto a Chicago. L'ho conosciuta a New York. Una breve storia d'amore che bruciò intensa e ardente all'inizio.

Al decollo, Amelia stringe il bracciolo della poltrona. Appoggio la mia mano sulla sua. «Va tutto bene. Solo un po' di turbolenza. Deve essere così,» la rassicuro.

Non c'è segno che annuisca o dica qualcosa per indicare che mi ha capito. Sua madre, Katelyn, non parlava altre lingue, per quanto ne sapessi.

Dopo aver raggiunto la quota di crociera, l'assistente di volo ci chiede cosa vogliamo da bere. Mi astengo dall'alcol. Mi piacerebbe un drink forte adesso, ma non mi aiuterebbe a dimenticare perché mi trovavo a Chicago.

Tiro fuori alcuni menu per bambini e pastelli dallo zaino. Un lato ha disegni da colorare insieme al menu, e il lato opposto è bianco. Per fortuna, il ristorante ce ne ha dati in più per il volo. Abbassando il tavolino davanti ad Amelia, metto gli oggetti davanti a lei, lasciandola colorare.

Li fissa e poi mi guarda.

«Fai pure. Puoi colorare,» dico.

Non so molto di bambini, e tanto meno di come crescerne uno. Mio fratello minore, Connor, è un cretino, e grazie a Dio non ha procreato.

Ho cercato di proteggerlo. Gli ho persino dato un posto di dirigente nell'hotel di New York. Tuttavia, ha il talento di licenziare dipendenti validi o di fargli desiderare di andarsene. Ma non gli darò semplicemente uno stipendio senza pretendere che si presenti al lavoro cinque giorni a settimana. Dove altro potrei metterlo?

Posso aver ereditato l'azienda, ma l'ho anche risollevata. Era appena redditizia quando ne presi il controllo dopo la morte di nostro padre. Non avevo altra scelta che rinnovare e migliorarla, perché altrimenti, chi si sarebbe preso cura della mamma?

Papà mi lasciò l'attività, il che significava prendermi cura di mia madre e gestire mio fratello minore. Non sono solo uno stronzo. Non li ho fatti finire per strada, anche se con Connor la tentazione c'è stata.

La spia delle cinture di sicurezza si spegne, e la ragazza nella fila davanti a noi si gira, osservando Amelia.

«Cosa stai disegnando?» chiede Clare.

Amelia arriccia il naso. Il foglio è completamente bianco.

«Che ne dici di disegnare un ritratto del tuo papà calvo?» Clare sorride maliziosa.

«Non sono calvo,» ringhio. Perché non può girarsi e farsi i fatti suoi?

«Giusto,» dice Clare, e schiocca le dita. «Come si chiama quel tipo di capelli tutti a punta?» Gesticola sopra la sua testa come se i suoi capelli fossero dritti all'insù per sessanta centimetri.

Amelia ridacchia e indica la mia testa. «Capelli da troll,» dice Amelia con una risatina.

Suppongo sia meglio che essere chiamato calvo alla mia età. «Pensi che abbia i capelli da troll?» Faccio un sorriso forzato, grato di aver sentito la vocina di Amelia.

Amelia si stringe nelle spalle, il sorriso svanisce, e il mio cuore ha una fitta.

Vorrei sentirla ridere ed essere spensierata. Ha cinque anni. Dovrebbe essere al settimo cielo per la curiosità ed essere incontenibile dalle chiacchiere. Quel lato silenzioso è frustrante da gestire.

Clare ci fissa, e prima che io abbia il tempo di capire cosa stia facendo, le sue dita stanno correndo tra i miei capelli. Sta rendendo i miei capelli a punta e sollevati.

Amelia ridacchia e fa un sorriso enorme, indicando la mia testa. «Capelli da troll.»

«Puoi disegnarmi un troll?» chiede Clare.

Amelia annuisce e prende il pastello viola, stringendolo forte mentre inizia a colorare sul foglio bianco.

Tiro un sospiro di sollievo e passo la mano tra i miei capelli disordinati, cercando di sistemare il casino prima che l'aereo atterri. C'è abbastanza stampa a New York per notarmi appena scendo dall'aereo, e non ho bisogno di ridicole foto sui giornali e sui social media che mi ritraggono con i capelli da troll.

Per come stanno le cose, dovrò diramare un comunicato stampa e fare un annuncio pubblico su Amelia prima di essere sommerso di accuse.

Clare mi regala un sorriso a trentadue denti, ma è chiaramente forzato. Si gira e si dirige verso l'assistente di volo, dicendole qualcosa a bassa voce.

Entrambe mi fissano prima di distogliere lo sguardo.

Sono abituato agli sguardi e alla curiosità. Deve aver realizzato che sono il miliardario Levi Luxenberg. Sono apparso sulle copertine di riviste e sono stato intervistato da diverse celebrità. Sono abituato all'attenzione. Di solito la ignoro.

Ma ora non sto badando solo a me stesso. Ho

Amelia, e non posso tenere segreta mia figlia. Devo solo chiedere a tutti di rispettare la nostra privacy.

Tengo d'occhio l'assistente di volo quando Clare è tornata al suo posto, assicurandomi che nessuno stia scattando foto di Amelia e me insieme sull'aereo.

Trenta minuti dopo, Clare si gira per controllare Amelia. «Come va il disegno?»

Amelia è ancora molto concentrata sul suo disegno del troll. Non mi aspettavo granché, ma la piccola ha talento per l'arte. Non risponde a Clare, ma va bene così, perché so che può farlo e, alla fine, parlerà quando sarà pronta.

L'assistente di volo porta a Clare una mini bottiglia di vodka, che lei mescola con succo d'arancia, tenendola mentre parla. Non ho fatto caso a quanto abbia bevuto davanti a noi, ma questo non è il primo drink che le è stato servito.

Ho scelto di prendere un succo di mela per Amelia, che ne ha bevuto qualche sorso.

Le guance di Clare sono rosse e le sue labbra lucide. «Vorrei poter rimanere in volo per sempre, continuare a volare e basta.»

«Perché?» chiede Amelia, alzando lo sguardo dai suoi pastelli.

La mia bambina sembra affascinata dalla donna brilla seduta nella fila davanti a noi. Fantastico.

«Non voglio affrontare New York. Dopo un matrimonio senza amore e aver finalmente trovato il coraggio di lasciare il mio ex narcisista ed emotivamente violento, devo trovarmi un lavoro e una casa senza avere nulla di pianificato. Ho lavorato come insegnante di scuola materna per sei anni, e ho amato ogni minuto. Ma appena ci siamo sposati, *lui* mi ha fatto lasciare il lavoro. Non gli piaceva che non fossi a casa quando lui non c'era. Aveva paura che avessi una vita al di fuori di lui. Geloso stron—» Si mette una mano sulla bocca e guarda Amelia. «Ops, intendevo geloso...sciocco.»

Per lo più impassibile, continua a divagare, senza aver minimamente finito con le sue confidenze eccessive.

«La mia migliore amica mi ha permesso di stare da lei a Chicago durante il divorzio, ma ho abusato della sua ospitalità. Novelli sposi,» dice con una risata. «Capite perché preferirei restare in aria e volare libera?»

«E hai pensato che spendere soldi per un biglietto in prima classe fosse una scelta intelligente?»

«Non che siano affari tuoi, ma ho rubato questi punti frequent flyer al mio ex.»

Accenno un sorriso storto. «Brava.»

Amelia guarda Clare perplessa. Immagino che la maggior parte di quello che ha detto sia passata sopra la testa della bambina.

«Quali sono i tuoi piani quando atterrerai a New York?» le chiedo.

Sorseggia il succo d'arancia e vodka dal bicchiere di plastica trasparente. «Non lo so. Sono in modalità sopravvivenza da otto mesi. Il mio ex mi ha prosciugata con il divorzio. Probabilmente girerò hamburger o qualcosa del genere e dormirò in una scatola di cartone.»

Amelia porge il disegno del troll a Clare.

«È per me?» chiede Clare con gli occhi spalancati. Amelia annuisce. «Perché non lo dai al tuo papà? Scommetto che gli piacerebbe appenderlo sul frigorifero.»

«Non ho un papà,» sussurra Amelia, fissando Clare.

Mi si stringe lo stomaco sentendo quelle parole. «Sono suo padre,» dico, schiarendomi la gola.

Clare mi fissa come se non mi credesse. «La bambina ovviamente non pensa che tu lo sia. Forse dovrei sedermi io con lei.»

«Scusa?» Sono sconvolto dal suo suggerimento.

«Vorresti che mi sedessi con te, tesoro?» chiede Clare ad Amelia.

Amelia guarda prima me e poi Clare. La bambina non ha idea di cosa stia succedendo, e nemmeno la donna seduta una fila davanti a noi.

Amelia slaccia la cintura e si dimena per passarmi davanti e raggiungere il corridoio. L'afferro per la vita, non permettendole di correre come una forsennata sull'aereo. Non è il momento né il luogo adatto per lasciarla libera.

«Signore, devo chiederle di togliere le mani dalla bambina,» dice l'assistente di volo, scambiando un rapido sguardo con Clare.

«Per l'amor del cielo, sono suo padre!»

«Deve calmarsi, signore,» dice l'assistente di volo.

Gli occhi di Amelia si spalancano, e si allontana precipitosamente da me dopo il mio sfogo contro l'assistente di volo. Si arrampica in grembo a Clare, il che non aiuta affatto la situazione.

«È mia figlia,» dico.

L'assistente di volo si abbassa al livello di Amelia. «Quell'uomo è tuo padre?» chiede alla bambina.

Gli occhi di Amelia si spalancano, e guarda da me all'assistente di volo. Veniamo tutti accolti dal silenzio.

Cazzo.

«Amelia, torna al tuo posto,» sibilo, cercando di non alzare la voce, ma la mia mascella è tesa e le mie mani sono serrate in pugni.

Non biasimo Amelia. Sono l'assistente di volo e la bionda impicciona che hanno deciso di ficcare il naso negli affari altrui.

Amelia non mi risponde, e perché dovrebbe? Ci conosciamo appena. Non capisce che se mi lascia tornerà in affido? Ha dovuto essere collocata d'emergenza presso una famiglia finché non sono arrivato io. Vuole tornare lì?

«Signore, si sieda al suo posto,» dice l'assistente di volo.

«È così che trattate i passeggeri di prima classe? Rapite i loro figli?»

«Ha ragione, signore. Mi scusi. Che ne dice di mostrarci delle foto di sua figlia sul suo telefono? Così possiamo chiarire questo malinteso prima di dover coinvolgere le autorità.»

Amelia è sotto la mia custodia da meno di un giorno. Non ho foto sue sul mio telefono.

«Non posso farlo,» dico.

Non ci sono nemmeno e-mail dall'assistente sociale riguardo Amelia. Tutto è stato gestito per telefono o tramite la mia assistente.

«Come pensavo,» dice l'assistente di volo.

«Non ha la minima idea di cosa stia parlando.» Mi alzo per spiegare la situazione senza che Amelia debba sentire tutto di nuovo.

«Signore, deve sedersi. Atterreremo a breve.»

Non abbastanza presto.

Borbotto e mi lascio cadere di nuovo sul sedile. Giuro che non prenderò mai più un volo di linea.

Il giovane signore che occupava il posto IA si siede nella fila accanto a me, scambiando il posto con Amelia mentre Clare allaccia la cintura.

Dovrei essere io a fissarle la cintura e a prendermi cura di lei. È *mia* figlia.

Mentre atterriamo, l'equipaggio annuncia che nessuno deve alzarsi dai propri posti perché c'è stato un intoppo e le autorità devono salire sull'aereo.

Cazzo.

Questa settimana potrebbe andare peggio?

———

Le autorità salgono a bordo e mi chiedono di alzarmi e seguirli. «Solo se mia figlia viene con me,» dico.

«Amelia non è sua figlia,» afferma Clare, con aria di sfida.

«È *sua* figlia, signora?» chiede l'agente.

«No.»

Almeno Clare non sta cercando di rapire Amelia.

Afferro lo zaino da terra e apro il compartimento sopra di noi per prendere il mio bagaglio. Aiuto Amelia ad alzarsi dal sedile, le slaccio la cintura e la prendo in braccio. Con un braccio tengo mia figlia al fianco mentre con l'altro porto il bagaglio dietro di me.

Non permetterò a nessuno di mettersi tra me e mia figlia.

«Chiariremo tutto una volta dentro,» dice l'agente.

Clare ci segue, e che sia stata invitata o meno, si unisce lo stesso a noi di sua volontà.

«È necessario che venga anche lei?» Indico con il pollice la bionda dietro di me.

«Sì, deve rilasciare la sua dichiarazione mentre indaghiamo.»

«Cosa c'è da indagare? Ho preso un volo fino a Chicago per prendere mia figlia. Vuole sapere dov'è sua madre? È morta.»

Clare sussulta. «L'hai uccisa tu?»

«Ma che diavolo?» Mi giro sui tacchi. «No, non l'ho uccisa, psicopatica. È morta in un incidente stradale.»

Amelia scoppia in lacrime e si dimena tra le mie braccia. Anch'io vorrei scappare da me stesso se fossi lei.

Non la lascio andare, la stringo forte senza far male alla bambina. «Lo so, piccola. La mamma ti manca,» dico, cercando di consolarla.

Le sue lacrime si trasformano in singhiozzi isterici, e cede, riversando il suo dolore sul mio collo e petto.

Clare sembra momentaneamente senza parole. «Mi dispiace per la vostra perdita,» dice finalmente, dandomi delle pacche imbarazzate sulla spalla.

Guardo la sua mano su di me. «Togli la mano dalla mia spalla. Non siamo amici. Sei solo una ragazza dell'aereo che ha bevuto troppo e ha deciso di fare accuse assurde.»

L'agente si schiarisce la voce mentre ci avviciniamo al suo ufficio. «Purtroppo, poiché vi ho fatti scendere dall'aereo, devo redigere un rapporto e condurre un'indagine. Andrà tutto liscio se riusciamo a mantenere la calma, e potrete andarvene tutti a breve.»

———————

Non è affatto breve o veloce. E nemmeno rimanere calmi non è facile.

Un agente raccoglie la dichiarazione di Clare mentre Amelia rimane con me in una stanza separata. Non ci sono finestre verso l'esterno, solo uno specchio unidirezionale.

Non sono un terrorista.

Non ho rapito mia figlia.

È assurdo.

Dopo che l'agente conferma che Amelia è legalmente sotto la mia custodia, mi viene detto che posso andare. Porta nella stanza il mio zaino e il bagaglio a mano, che apparentemente sono stati perquisiti senza il mio permesso.

Richiudo le cerniere dei compartimenti. «Nemmeno delle scuse.» Sono disgustato dal loro trattamento e dalle accuse infondate.

«Può presentare un reclamo presso—»

«Oh, ho intenzione di farlo, oltre a farvi causa,» dico. Mi metto lo zaino in spalla e prendo Amelia in braccio. «È ora di tornare a casa, piccola.»

Sollevo il manico e trascino il bagaglio a mano dietro di me.

Amelia è tornata silenziosa. Come potrei aspettarmi altro dopo il mio sfogo di prima in aeroporto? Avevo cercato così duramente di mantenere la calma, ma ritrovarsi improvvisamente con una bambina affidata a te è un peso enorme. E non sto parlando del peso di portarla in braccio.

Veniamo scortati fuori dalle stanze sul retro verso l'area principale dell'aeroporto. Non abbiamo altri bagagli, quindi prendo il telefono dalla tasca e chiamo il mio autista, Douglas, informandolo che siamo pronti.

Probabilmente sta aspettando nel parcheggio più vicino per venire a prenderci. Gli è stato chiesto di acquistare un seggiolino speciale per una bambina di cinque anni. Douglas ha figli suoi, quindi presumo sappia quale tipo di seggiolino comprare, mentre io non ne ho idea. Ce ne sono troppi in circolazione per capire quale sia quello giusto da acquistare.

Termino la chiamata, infilo il telefono in tasca e noto Clare dirigersi verso la stessa uscita.

«Ancora tu,» sibilo.

I suoi occhi sono luminosi e intensi, del colore della schiuma marina, verde-azzurro. «Mi dispiace,» dice Clare, non che questo aiuti.

«È troppo tardi per le tue scuse.» Tolgo la mia giacca, avvolgendola intorno ad Amelia mentre la porto fuori. È il meglio che posso fare con così poco preavviso. Il tempo a Chicago è abbastanza mite per l'inizio di ottobre che non ho pensato a portare una giacca. Ma ora è tarda notte, e l'aria rispecchia il mio umore: fredda.

Mi rimetto lo zaino in spalla e tengo Amelia stretta contro il mio petto. Tra il nostro calore corporeo e la giacca, è almeno abbastanza al caldo da non tremare. Fortunatamente, non siamo ancora nel pieno dell'inverno.

Clare esce con me. «Ascolti, mi dispiace davvero per quello che è successo là dentro.»

«Capisco. Stavi cercando di proteggere *mia* figlia.»

«Sì,» dice Clare. «Non sembrava a suo agio con telei Non mi è mai passato per la mente che potesse essere a causa di... quello che è successo.» Sta camminando sulle punte dei piedi intorno alle parole, dato che tengo Amelia tra le braccia. «Mi dispiace tanto, signore. Se c'è qualcosa che posso fare per rimediare. Le giuro che stavo solo cercando di proteggerla. Si sentono storie di bambini rapiti o vittime di traffico, e volevo solo aiutare.»

«Scuse non accettate. Hai cercato di farmi arrestare, *Ragazza dell'Aereo*. Cosa ho fatto per meritare le tue accuse infondate?»

Clare sospira profondamente. «Niente. Sono io la colpevole. È colpa mia.»

«Sì, è colpa tua,» dico, inchiodandola con lo sguardo. «E pensavo, wow, questa ragazza sa davvero come interagire con i bambini. Che vergogna essermi fatto ingannare dal tuo discorso 'povera me, diventerò senzatetto'.»

«Il mio cosa?»

«Vivere in una scatola di cartone mentre giri hamburger,» ripeto.

A volte ascolto fin troppo bene.

Lei trasalisce mentre ripeto le sue parole. «Di nuovo, mi dispiace. Se c'è qualcosa che posso fare per rimediare, qualsiasi cosa—»

Amelia si agita tra le mie braccia, tendendo le mani verso Clare.

«No, tesoro. Devi stare con tuo padre,» dice Clare.

Amelia si sporge all'indietro, spingendo contro di me, cercando di capire cosa sta succedendo. È stata una giornata stancante. Vuole scendere, e sarei d'accordo se non temessi che la bambina possa scattare davanti a un'auto.

In questo momento ho problemi di fiducia, sia con Clare che con Amelia.

Amelia tende di nuovo le braccia verso Clare. La bambina preferisce questa estranea a me, anche se nemmeno io sono esattamente una persona che conosce nemmeno io.

«Davvero non hai un posto dove stare?» chiedo, con la mascella tesa.

Perché lo sto chiedendo? Perché sto considerando l'idea di offrirle un tetto sopra la testa? Questa ragazza è un problema. Dovrei andarmene e non rivederla mai più. Sarebbe meglio per tutti gli interessati.

«Me la caverò. Posso dormire sul divano della mia amica. Cioè, presumendo che il suo fidanzato della Mafia russa non abbia problemi con la mia presenza.»

Tossisco alle sue parole. «Non sei seria.» Più parliamo con Clare, più Amelia sembra calmarsi. La mia bambina appoggia la testa sul mio petto, osservando la bionda per tutto il tempo, senza mai toglierle gli occhi di dosso.

Sì, piccola mia, neanch'io. È splendida e sexy, eppure mi irrita allo stesso tempo. Per non parlare della differenza d'età. Direi che ha appena superato i trenta, mentre io ho appena compiuto quarant'anni.

È frustrante.

«Vorrei scherzare. Ma è sexy, e forse ha un fratello disponibile,» dice Clare con un sorrisetto.

Spero che stia scherzando, ma qualcosa mi dice di no.

«Assolutamente no.» Faccio una pausa, esitante a pronunciare le parole. «Ho bisogno di una tata per Amelia. Puoi stare con noi.» Aveva menzionato sull'aereo di aver lavorato per sei anni in un asilo.

«Scusi?» I suoi occhi si spalancano e inclina la testa, guardandomi come se avessi perso la testa. Penso che potrebbe essere così, dopo quello che è successo oggi. È tardi; la mancanza di sonno e l'essere stato gettato nel caos con una bambina ha fatto qualcosa alla mia mente.

Sono così disperato per una tata da aver offerto un lavoro alla ragazza impicciona dell'aereo?

«Avrai vitto e alloggio. Ci sarà un periodo di prova. Se non combini pasticci, potrei assumerti in modo permanente.»

Amelia mi guarda, le sue lunghe ciglia scure che si chiudono tremolanti. Sembra rilassarsi tra le mie braccia, come se il peso del mondo le fosse appena stato tolto dal petto.

Anche dal mio.

Presumendo che Clare dica di sì.

Capitolo Due

«Vuole assumermi dopo quello che è successo là dentro?» chiedo, indicando l'aeroporto. Ho fatto un casino colossale, ficcando il naso negli affari degli altri dove non mi riguardava.

C'è un lussuoso e spazioso SUV nero che si ferma davanti al signore. Non ho mai sentito il suo nome. Non me l'ha detto, e sono stata troppo occupata a tormentarlo per chiederglielo.

Lui esita, e davvero penso che stia per dirmi che è uno scherzo crudele e di andare via.

«Non è che lo voglia, ma credo che tu sia ciò di cui Amelia ha bisogno.»

Ridacchio alla sua osservazione. Non sono certamente una persona accomodante. «E la paga?»

«Vitto e alloggio durante il periodo di prova,» dice bruscamente.

Scommetto che può permettersi di più basandomi sul veicolo elegante e l'autista, ma forse ha assunto qualcuno per venirlo a prendere. Non è che abbia sempre qualcuno che lo porti in giro, vero?

Non ho un posto dove andare, e posso cercare un altro lavoro mentre vivo sotto il suo tetto. Almeno è un letto dove dormire e del cibo nel frigorifero. Inoltre, il mio odioso ex-marito, Zander, non saprà dove sono. Non indovinerà mai che sto da un estraneo. Il che significa che sarò al sicuro.

«Accetto.»

L'autista apre la portiera posteriore e aiuta Amelia a sistemarsi nel seggiolino. Sembra che abbia più esperienza del bel troll. Non che lui sembri un troll, perché non lo è. I troll non sono piacevoli da guardare e non fanno battere forte il cuore.

Davvero pensavo che fosse un malintenzionato che stava rapendo una bambina. Sto passando troppo tempo con Sadie, ascoltando le sue storie folli dopo che mi ha fatto giurare di mantenere il segreto. Già, come se una di noi due fosse capace di tenere un segreto.

Apro la portiera anteriore per sedermi davanti, e lui scuote la testa. «Sedile posteriore,» dice, facendomi salire dietro con Amelia.

Ho con me il mio bagaglio a mano, nient'altro, per fortuna, altrimenti sarebbe stato un fastidio recuperarlo dopo aver passato quasi tre ore a discutere con gli agenti all'aeroporto.

«Dove andiamo?» chiede l'autista, guardandomi.

«Viene a casa con noi,» dice il burbero troll.

Allaccio la cintura e mi sporgo in avanti. «Ehi, non so ancora il suo nome.»

Si schiarisce la gola. «Bene.»

«Cosa?» Non capisco. «Come dovrei chiamarla?» chiedo. Perché è così maledettamente difficile? Si diverte in questo modo, come una sorta di vendetta per quello che ho fatto e per come l'ho trattato? Giuro che era solo perché stavo proteggendo Amelia. La bambina era chiaramente in difficoltà. Semplicemente, non avevo capito che lui l'aveva tirata fuori dai guai.

«Signore e darmi del lei va benissimo per me,» dice.

Sbuffo sottovoce. «Non la chiamerò *signore*.»

Le mie guance ardono al pensiero del perché dovrei chiamarlo così, in ginocchio, supplicandolo di lasciarmi slacciare la sua cintura e... no, non mi permetterò di andare lì con pensieri così maliziosi.

È off-limits e una spina nel fianco. Non c'è possibilità che io vada a letto con il padre della bambina a cui faccio da tata — beh, poche possibilità, almno. Mai dire mai.

È sexy.

Scontrosissimo.

Molto alfa.

Mi sposto a disagio sul sedile.

«Si chiama Levi,» dice l'autista.

«Dovrei licenziarti, Douglas,» grugnisce Levi.

«Ma non lo farai. Siamo troppo come una famiglia.»

«Non tentarmi,» mormora.

Lascio andare un respiro pesante, e per la prima volta da quando sono salita sull'aereo, sto zitta. Amelia si dimena nel suo seggiolino e mi mostra il suo unicorno luccicante come se non l'avessi vista abbracciare il peluche nelle ultime ore.

«Il tuo amico ha un nome?» chiedo, toccando il naso dell'unicorno.

Amelia mi guarda. «Ragazza dell'aereo,» dice.

La testa di Levi scatta all'indietro, osservando la nostra interazione. Si preoccupa che io non sappia come prendermi cura della sua bambina? Sono stata circondata da bambini per tutta la vita. Ho lavorato in un asilo prima di sposarmi. Potrei probabilmente chiamare la direttrice e chiedere se ci sono posti vacanti. Ma la paga non è mai stata granché, e trovare un appartamento con uno stipendio minimo sarà difficilissimo.

«Esatto,» dico, sorridendo rassicurante. «Io sono Clare.»

«Amelia,» dice la bambina, indicando se stessa.

Il telefono di Levi vibra. «Cosa c'è, Nancy?»

Il fatto che stia parlando con una donna mi spinge a origliare. Anche se non è che ci sia un centimetro di privacy nel veicolo.

Nancy è la sua fidanzata?

Forse sua moglie?

Non ho guardato il suo dito per vedere se è sposato, ma se fosse in una relazione stabile, la sua ragazza non si sarebbe presentata all'aeroporto per accogliere lui e la bambina?

Spero, per il suo bene, che non faccia sul serio con Nancy.

«So che sono in ritardo, e non ho controllato i messaggi vocali. C'è stato un problema all'aeroporto.» Fa una pausa, e aspetto che elabori con chi lo ha chiamato. «Ho trovato qualcuno temporaneamente per aiutarmi con Amelia. Non grazie a te.»

Ahi. È di pessimo umore, anche se sono sicura di non aver aiutato. Sono io la colpevole? Probabilmente. Peccato. Ho già fatto un pasticcio; non può andare molto peggio.

Mentre non riesco a sentire la parte di conversazione di Nancy, ascolto bene quella di Levi. «Non posso venire in ufficio domani né questa settimana. Devo tenere d'occhio Amelia e sistemarla. Mandami i dettagli via e-mail, e quando il mio avvocato ti contatterà, fagli sapere che può contattarmi sul cellulare.»

Avvocato?

Ha intenzione di farmi causa per quello che è successo all'aeroporto?

Sono sicura che possiamo trovare qualche tipo di accordo. Potrei occuparmi di Amelia per rimediare all'imbarazzo e all'umiliazione che gli ho causato. Tuttavia, mi sono già offerta di farlo in cambio di vitto e alloggio.

Riattacca, irritato.

«Sei di cattivo umore,» dice Douglas. Non ha paura di dire quello che pensa. Mi piace.

«*Lei* mi ci ha messo,» dice, puntando il pollice nella nostra direzione. Posso solo supporre che si riferisca a me, non alla sua piccola principessa. Amelia è davvero perfetta. Adorabile. Dolce. La bambina, a quanto pare, ha passato una prova difficile da quello che ho sentito, ma è resiliente.

«Allora perché la porti a casa?» chiede Douglas. Sebbene cerchi di tenere la voce bassa, non è abbastanza sommessa da impedirmi di origliare la loro conversazione. Se fossero furbi, alzerebbero il volume della radio.

«Ho bisogno di una tata, ed è evidente che la Ragazza dell'Aereo sa stare con Amelia. A quanto pare era un'insegnante di scuola materna o qualcosa del genere. Sa come trattare i bambini.

«Dai più credito a te stesso,» dice Douglas. «Hai passato appena un giorno con la bambina. Voi due creerete un legame. Ha solo bisogno di tempo per adattarsi alla sua nuova situazione.

Lui borbotta e allunga la mano verso la radio, coprendo il resto della conversazione.

«Non credo che al tuo papà io piaccia molto,» dico, dando un colpetto al corno brillante dell'unicorno.

«Non è il mio papà,» dice Amelia. Emette un sospiro rumoroso, facendo vibrare le labbra. Il movimento la fa ridacchiare, e lo ripete.

Il telefono di Levi squilla di nuovo e, sebbene non riesca a sentire con chi stia parlando questa volta, è chiaro che è una persona importante e impegnata. Non è nemmeno arrivato a casa e ha già ricevuto due telefonate. Quante altre persone lo contatteranno stasera?

«Sembri una principessa,» dico, sorridendo calorosamente ad Amelia e tirando leggermente il suo tutù rosa shocking.

I suoi occhi si spalancano e con una mano, le sue unghie affondano nell'unicorno scintillante. Con l'altra, stringe la mia.

Non so come interpretare la sua espressione. Ha perso recentemente sua madre. La piccola capisce che non tornerà più?

«Sai cosa starebbe benissimo con quel tutù?»

Amelia mi fissa con sguardo assente, aspettando che io risponda.

«Una corona.»

Levi termina la chiamata. «Principessa e Ragazza dell'Aereo,» interviene, guardandoci da sopra la spalla. «La prima cosa da fare è mettere il pigiama alla mia piccola principessa.»

«No!» grida Amelia, corrugando il viso.

«Anche le principesse indossano il pigiama per andare a letto. Dobbiamo solo trovarti un pigiamino degno di una regina,» dico io.

Le spalle di Amelia si rilassano, e mi punge il braccio, colpendomi con il dito.

«Cosa c'è?» chiedo, cercando di mantenere un tono pacato. La bambina è insistente, ma è stata una giornata lunga, e ha bisogno di correre un po' e fare esercizio. Stare seduta in aereo e poi nel corridoio posteriore con suo padre sotto sorveglianza della polizia non è stato l'ideale per lei.

Di nuovo, colpa mia.

«Fame.»

«Papà, hai degli snack?» chiedo.

«Non chiamarmi così,» mi rimprovera Levi.

«Va bene, Brontolone.» Mi guadagno un'altra risatina dalla sua bambina. A quanto pare, è d'accordo con me.

«Non è affatto meglio,» mormora. «Puoi chiamarmi signore.»

«Signor Brontolone?» scherzo.

Apre la cerniera dello zaino ai suoi piedi e mi porge una confezione di caramelle alla frutta. Non è la scelta più salutare, ma lei tende la mano e schiocca le dita come un coccodrillo che esige la dolce delizia.

Strappo la confezione e gliela porgo.

Affamata, mastica lo snack alla frutta. Non ho visto se ha mangiato qualcosa durante il volo, ma in prima classe era previsto un servizio pasti. La bambina è davvero fortunata a volare in prima classe. Quando avevo la sua età, non ero mai stata su un aereo.

Il resto del viaggio è piuttosto tranquillo. Amelia si sistema con il suo snack, e l'autista si avvicina a un cancello in ferro battuto. Abbassa il finestrino, digita il codice per la proprietà, e il cancello si apre lentamente.

«Wow, che eleganza,» dico, incapace di tenere la bocca chiusa.

Le alte siepi rendono impossibile vedere la proprietà in lontananza.

Douglas ci conduce fino all'ingresso principale, e sono sicura che la mia mascella cada fino a toccare terra. Il vialetto di mattoni disegna un cerchio davanti all'entrata con una tettoia per tenere tutti all'asciutto, anche se non sta piovendo.

Considerando le dimensioni della casa, deve esserci un garage annesso sul retro. Sono certa che possa contenere più di due o tre veicoli.

Vive qui da solo? La casa è grande per una persona sola. Potrebbe ospitare una famiglia di quattro persone.

Levi apre la portiera dell'auto, scende e si stiracchia.

Lo seguo, scendendo dal SUV. I mattoni della pavimentazione sono perfettamente allineati, e il vialetto è liscio e immacolato. Impallidisce in confronto al resto della casa e della proprietà.

Alta tre piani, la costruzione si estende in larghezza e potrebbe facilmente contenere tre case, se non di più. Il color crema riflette il sole, illuminandosi in un tenue giallo mentre l'edificio si erge sopra di noi. Le rifiniture bianche brillano alla luce del giorno. Le finestre sono stupende e chiaramente a tutta altezza al primo piano, portando molta luce all'interno della casa.

«Tu vivi qui?» sussurro con la gola secca.

Levi si sposta e aiuta Amelia a slacciare il seggiolino. Le sue palpebre sono pesanti e assonnate. La bambina si è finalmente calmata ed era sul punto di addormentarsi proprio quando stavamo arrivando.

Tipico.

Non è minimamente colpita quanto me da questo posto. Che tipo di casa aveva sua madre perché lei non rimanesse a bocca aperta? Forse è per il fatto che ha cinque anni.

«La mia fortezza della solitudine.»

Giuro che la mia mascella non si è ancora sollevata da terra.

«È una battuta... Superman, no? Lascia stare,» dice Levi, guardando entrambe in cerca di un cenno di riconoscimento.

«Conosco Superman» dico. Non sono nata ieri, conosco i personaggi dei fumetti. Beh, quelli che hanno un proprio franchise cinematografico e televisivo.

La bambina sembra svegliarsi al nostro chiacchiericcio. «Davvero?» Gli occhi di Amelia si spalancano mentre si strofina via il sonno. «Posso incontrarlo? No, aspetta. Voglio incontrare Supergirl.»

Come faccio a dire a questa bambina che Supergirl e Superman non esistono?

Non voglio spezzarle il cuore. È così dolce e innocente. Mi dirigo verso il bagagliaio e Douglas lo apre recuperando la mia valigia. Non ho portato molto, solo una borsa con un mucchio di vestiti sporchi.

Allungo la mano per prendere il mio bagaglio, e Levi mi rimprovera. «Lascia che Douglas porti la tua borsa nella tua stanza.»

«Posso farcela da sola» rispondo.

Douglas afferra la seconda valigia e porta il bagaglio di Levi alla porta d'ingresso, lasciandolo nell'atrio per lui.

«Sei sempre così difficile?»

«Preferisco definirmi autosufficiente.»

Ridacchia sotto i baffi, e aspetto che faccia qualche commento sarcastico, ma non lo fa. Invece, si dirige verso la porta d'ingresso, portando con sé Amelia, che si agita intanto nella sua presa.

Lo seguo, trascinando la mia pesantissima valigia dal veicolo, su per i gradini d'ingresso e nell'atrio. La casa è grandiosa. Magnifica. Un orgasmo regale.

«Sei un principe o qualcosa del genere? Perché spiegherebbe questa casa e il fatto che tua figlia sia una principessa.» Mi rendo conto che Amelia non è una vera principessa, ma la casa è semplicemente travolgente.

«Smettila di fare la leccapiedi. Hai già vitto e alloggio, *Ragazza dell'Aeroplano*.» Mette giù Amelia, e lei si affretta ad allontanarsi da lui, correndo lungo il corridoio con le braccia allargate come un aeroplano. «Oh merda» mormora.

«Non hai rimosso i vasi antichi e le opere d'arte costose alla sua altezza?» Dovrei mordermi la lingua e ringraziarlo per avermi dato questa opportunità. Posso vivere come una principessa per una settimana finché non si renderà conto che sono inutile e mi butterà in strada.

È inevitabile.

«Ha cinque anni. Non ho avuto bisogno di rendere la casa a prova di bambino» dice, e fa una pausa, con la mascella tesa. Si affretta lungo il corridoio dietro Amelia, per vedere in quale guaio si possa cacciare.

Lascio la mia pesante valigia vicino alla porta d'ingresso. Avrei dovuto accettare l'offerta di Douglas di portare il mio bagaglio nella mia stanza. Tanto per cominciare, non so quale sia la mia stanza, ma lui avrebbe potuto sapere dov'è la camera degli ospiti. Per non parlare del fatto che la borsa è pesante. E non credo che a Levi farebbe piacere che la mia borsa di bassa qualità graffi il pavimento di marmo.

Douglas porta via l'auto, e io chiudo la porta d'ingresso, bloccandola.

Wow. Questo posto è enorme.

Dall'esterno era grandioso, e non sembra affatto più piccolo all'interno.

Quindi, è così che vivono i ricchi. Cavolo, deve essere bello. Sono gelosa, ma almeno posso trascorrere una settimana qui.

«Ehi, c'è una vasca idromassaggio?» grido.

Do un'occhiata all'atrio vuoto. Siamo solo noi tre, o Levi ha del personale che soddisfa ogni suo capriccio?

«Non ti spoglierai nella mia piscina» dice Levi, riportando Amelia all'ingresso della casa. Le sue braccia sono tese come se stesse volando, e lui la fa sfrecciare per aria.

La bambina sorride e ridacchia, e Levi sembra molto più rilassato. Più felice.

«Supergirl!» esclama Amelia.

«Seguici di sopra, *Ragazza dell'Aeroplano*» dice Levi. Il soprannome suona quasi affettuoso, ma non credo che lo intenda in modo dolce.

Afferro la mia valigia rosa e mi trattengo dal gemere mentre la trascino su per le scale. Il secondo piano è rivestito di moquette, quindi faccio rotolare la borsa per il resto del percorso finché lui non mi conduce al mio alloggio.

«La tua stanza è proprio accanto a quella di Amelia» dice Levi. Apre la porta della camera per me. Il letto è fatto e ci sono tende gialle di pizzo appese alla finestra. Non fanno molto per tenere fuori la luce del sole. Mi sveglierò all'alba. Meraviglioso.

Lascio la mia borsa vicino all'interno della porta e seguo Levi nella stanza accanto per dare un'occhiata all'ambiente di Amelia.

Apre la porta e mette la bambina sul letto.

«Letto!» esclama lei, e se quasi penso che potrebbe sdraiarsi e infilarsi sotto le coperte, mi accorgo subito del contrario.

Inizia a saltare sul materasso matrimoniale. Il letto è enorme per una bambina così piccola, ma suppongo che lui non sapesse che avrebbe avuto una bambina in casa.

Levi lascia cadere lo zaino ai suoi piedi e si piega, aprendo lo scomparto ed estraendo un pigiama. È di cotone, rosa e coperto di paperelle gialle. Il pigiama è carino, ma non è principesco se è quello che Amelia desidera.

Amelia vola in aria, ridendo mentre salta sul letto.

«Principessa! Principessa!» strilla, e io la afferro prima che i suoi piedi possano atterrare sul materasso.

«Penso che dovresti prendere a questa piccola principessa un trampolino» dico.

«No, sono troppo pericolosi» dice Levi.

«E saltare sul letto non è pericoloso?»

«Non ho detto che poteva saltare sul letto» sbotta. Giuro di sentirlo ringhiare. È furioso. L'ho infastidito ancora una volta. Quante volte è il mio limite in un giorno?

«Che ne dici se facciamo un bagnetto e poi leggiamo una storia?» propongo, aiutandola a salire sulla mia schiena per un giro.

La bambina è pesante, ed è uno sforzo, ma farei qualsiasi cosa per rendere felice questa piccola. Suo padre, d'altra parte, può baciarmi il culo quando vuole.

«Dammela qui» dice Levi, e si china. «Dai un po' di respiro alla tua ma...tata.»

Stava seriamente per chiamarmi "mamma" per sbaglio? Le mie guance bruciano, e aiuto Amelia a scendere da me. Lei si aggrappa subito alla schiena di lui, con le braccia strette intorno al suo collo mentre la porta in bagno.

Rimango lì, imbarazzata, nella sua cameretta.

«Vieni, *Ragazza dell'Aereo*?» mi grida Levi dal corridoio.

Prendo il pigiama ed esco dalla cameretta della bambina, seguendo la sua voce lungo il corridoio. Mi trascino in bagno mentre Levi aiuta Amelia a rimettere i piedi a terra. Come il resto della casa, il bagno è ridicolmente grande.

C'è un box doccia in vetro e una vasca separata con i piedini a zampa di leone.

«Bagno o doccia?» chiede Levi ad Amelia.

«Fuori!» esige lei, indicandogli di lasciarla sola.

«Se vuoi la tua privacy, allora dovrai fare una doccia» dice lui. «Non voglio rischiare che affoghi nella vasca.»

Amelia arriccia il naso verso di lui e gli fa la linguaccia.

«Posso aiutarla io» dico.

«Niente maschi ammessi.» Amelia indica Levi e poi la porta.

«Sei sicura di potercela fare?» chiede Levi, con le sopracciglia alzate. Sembra preoccupato.

«Ti prometto che è in buone mani.»

«Non chiudere a chiave la porta del bagno» ordina mentre si ritira lentamente, ma non senza lasciare completamente la stanza. I suoi occhi sono appannati come se stesse cercando di decidere se fidarsi di me da sola con sua figlia.

«Salta in doccia» dico ad Amelia, facendo scorrere la porta di vetro, dandole un'apparenza di privacy mentre Levi resta fermo sullo stipite della porta, con le braccia incrociate sul petto. Non si è ritirato oltre, e dubito che lo farà.

Amelia si toglie i vestiti, con la gonna rosa shocking che viene via per ultima. Una volta che ho i vestiti sporchi, li passo a Levi perché se ne occupi. Regolo il getto della doccia, puntandolo contro il muro mentre la accendo e aspetto che la temperatura salga, prima di girarlo verso il centro della doccia.

Chiudo la porta scorrevole. Il vetro è satinato, il che permette alla bambina la sua privacy assicurando allo stesso tempo a entrambi che non sia caduta o si sia fatta male.

Lei volteggia sotto il getto, e ci sono scoppi di risate mentre pesta l'acqua della doccia.

«Dovresti assicurarti che si stia effettivamente lavando con shampoo e sapone.»

Le do un altro minuto prima di controllarla. «Amelia, vuoi che ti lavi i capelli?» chiedo.

«Sì, la mamma fa sempre la canzone delle bolle.»

«La canzone delle bolle?» chiedo, lanciando un'occhiata a Levi in cerca di aiuto.

Lui alza le spalle e scuote la testa, ignaro di cosa sia la canzone delle bolle o come possa suonare.

«Puoi cantarla tu per me, Amelia?» chiedo, facendo scorrere la porta di vetro. Mi sporgo nella doccia per prendere lo shampoo, e la mia maglietta si bagna. È inevitabile senza spostare il soffione lontano da Amelia.

«No, cantala tu, sciocchina.» Amelia inclina la testa all'indietro, e io mi insapono le mani con lo shampoo, passandole tra le sue lunghe ciocche bionde.

«Hai del balsamo?» grido a Levi.

«Umm, no» dice lui. «Ma posso chiamare Douglas e fargliene prendere una bottiglia.»

«Non lo avremmo comunque ora» dico con un profondo sospiro. «Penso di averne una piccola bottiglia nella mia borsa. Puoi prenderla?»

«Sì, certo.»

Facciamo una buona squadra. Sciacquo le bolle di shampoo dai capelli di Amelia, e lei inclina la testa all'indietro, assicurandosi che non le entri sapone negli occhi. «Mentre tuo padre prende il balsamo, che ne dici di insaponarti il corpo?» Le porgo una saponetta, e le scivola subito dalle mani.

Amelia ridacchia e si china per afferrare il sapone mentre scivola sul pavimento. «Per favore, stai attenta» la avverto. Se cade e si fa male, Levi incolperà me.

Lei insegue il sapone, e questo scivola sulle piastrelle della doccia ai suoi piedi finché non finisce nell'acqua acqua, coprendo il foro di scarico e trasformando la sua doccia in un bagno.

Non posso immaginare quanto Levi sarà contento se l'acqua inizierà a fuoriuscire dalla doccia. «Dai, alzati come una bambina grande. A meno che non vuoi che ti prepari un bagno?»

Lei si alza in piedi e mi lancia il sapone, anche se, onestamente, non sono sicura che non le sia semplicemente scivolato dalle mani.

«Levi?»

Quanto tempo ci vuole per prendere il balsamo dal mio bagaglio?

Finalmente, Amelia si insapona il corpo, lavandosi mentre lui torna in bagno. Le sue guance sono rosse, e giuro che sembra come se fosse stato sorpreso a fare qualcosa che non avrebbe dovuto fare, ma non sono sicura di cosa.

«Io uh—»

«Ti sei perso là dentro?» scherzo, e gli strappo il balsamo dalle mani.

Lui passa le dita tra i capelli e mi volta le spalle, ma è ancora sulla soglia. «Non ti fidi proprio di me?»

Capisco. Sono un'estranea, e Amelia è sua figlia, ma è chiaro che lei non si senta a suo agio con lui che la faccia fare il bagno. Il che significa che qualcuno deve aiutarla finché non sarà in grado di farlo da sola.

Apro il tappo del balsamo e mi strofino le mani prima di far scivolare le dita tra i lunghi capelli di Amelia. Non voglio che le vengano nodi e che pettinarle i capelli diventi un tormento. Ricordo mia madre che tirava i miei, cercando di pettinarli quando ero piccola, e le lacrime che ne seguivano.

Amelia decide di schizzarmi perché...beh, perché no? Non è che fossi asciutta, comunque. La bambina si assicura che la mia maglietta sia completamente bagnata entro la fine del risciacquo dei suoi capelli.

È tutta risatine mentre indica la mia maglietta, attraverso la quale ora si può vedere il mio reggiseno di pizzo viola, che lascia ben poco all'immaginazione. I miei capezzoli si intravedono chiaramente attraverso il tessuto.

Merda.

Mi tiro indietro, finisco di lavare Amelia nella doccia e chiudo l'acqua quando ha finito. Le avvolgo un asciugamano intorno e tengo la schiena rivolta verso la porta, non permettendo a Levi di godersi uno spettacolo gratuito come quello.

Ma c'è solo un asciugamano.

«Ehi, puoi darci un altro asciugamano?» chiedo.

«Per Amelia?»

«In realtà, no, per me. Tua figlia ha pensato che fosse divertente schizzarmi.» Lancio un'occhiata oltre la mia spalla verso di lui.

Lui scuote la testa. «Mi dispiace, sono finiti. È giorno del bucato.»

«Sei un pessimo bugiardo,» gli lancio da sopra la spalla, e chiudo la porta del bagno con il tallone del piede.

Lui è in piedi sulla soglia, e la porta non si chiude

del tutto, ma almeno è accostata quasi completamente.

Aiuto Amelia a infilarsi il pigiama dopo averla asciugata. L'asciugamano è completamente zuppo. Non c'è nemmeno un piccolo angolo che io possa usare per la mia maglietta.

Prendo l'asciugamano bagnato e lo uso per coprirmi il seno appallottolandolo. È umido ma non così bagnato come la mia maglietta.

Amelia spalanca la porta del bagno. Con l'attenzione di Levi rivolta al suo cellulare, sua figlia gli si scaglia contro come un ariete. Fortunatamente, colpisce solo le sue gambe, e lui si stabilizza con una mano al muro.

«Dovrò richiamarti.» Levi termina la chiamata, infilando il cellulare nella tasca dei pantaloni. «Posso prendere quello,» si offre, tendendo la mano verso l'asciugamano umido.

«Lo tengo io. Devo comunque mettere i miei vestiti in lavatrice. Sono sicura che da qualche parte in questa casa ci sia una lavatrice.»

«La lavanderia è in fondo al corridoio. La penultima porta a sinistra.»

Si schiarisce la gola e apre la bocca, ma le parole non escono.

«Cosa?» chiedo, abbassando lo sguardo per assicurarmi che l'asciugamano stia coprendo il mio seno. Non merita uno spettacolo.

«I vestiti nella tua valigia erano sporchi?»

Annuisco. «Perché?» Sono appena tornata dalle vacanze. Beh, non proprio vacanze, ma dal soggiorno a casa di un'amica durante il divorzio. Cosa gli fa pensare che avrei dovuto avere vestiti puliti nel mio bagaglio?

La sua lingua si muove verso un lato della bocca, ed esala un respiro pesante. Ha la faccia rossa. «Nessun motivo.» Scuote la testa e solleva Amelia tra le braccia. «Andiamo, è ora della storia.»

«No letto!» protesta Amelia, sembrando capire cosa sta per succedere.

Mi dirigo verso la mia camera, la porta è aperta e, con essa, la mia valigia è rimasta aperta. Lui ha chiuso il coperchio, ma niente di più. Chiudo la cerniera della valigia e la trascino attraverso il corridoio fino alla lavanderia.

Aprendo la porta della lavanderia, lascio cadere l'asciugamano umido in un contenitore vuoto, apro la cerniera della mia valigia e vedo il mio vibratore rosa acceso che mi fissa.

Mi mordo le labbra. Immagino che Levi l'abbia visto, ed che sia stato quello a metterlo a disagio. Me ne faccio una ragione e lo infilo nel compartimento laterale del mio bagaglio. Alzando il coperchio della lavatrice, butto dentro il mio bucato e avvio un carico di vestiti, lasciando la biancheria intima per il prossimo lavaggio.

Mi sfilo la maglietta fradicia, apro l'asciugatrice e ce la butto dentro. Rimango in reggiseno, ma non ho intenzione di lasciare la stanza finché la mia maglietta non sarà asciutta.

Non c'è una sedia nella stanza e, dopo qualche minuto, prendo un libro dalla mia borsa e mi siedo sulla lavatrice.

La scena piccante del romanzo mi trasporta via, facendomi dimenticare momentaneamente gli ultimi otto mesi. Volto avidamente la pagina, leggendone una dopo l'altra, divorando il romanzo come se fosse un dessert. È sicuramente altrettanto dolce e delizioso.

Il rombo della lavatrice si presta, come un gigantesco vibratore, e cerco di non ridacchiare per la sensazione mentre i miei fianchi si muovono all'unisono. I miei occhi si chiudono, e la prima immagine che mi appare in testa è Levi.

Si piega tra le mie gambe, allargandole, supplicando di assaggiarmi mentre traccia un sentiero di baci verso il mio centro accaldato.

Il mio interno pulsa, e la mia testa si inclina all'indietro, ansimando in cerca d'aria.

Sono delirante? È passato così tanto tempo dall'ultima volta che ho fatto del buon sesso che sto usando lavatrici e fantasie sul mio nuovo capo, il Signor Brontolone, per soddisfarmi?

Il rombo della lavatrice pulsa sotto il mio peso, e Dio, che sensazione piacevole. La macchina diventa più rumorosa mentre perde l'equilibrio, e Levi spalanca la porta, interrompendo il mio piacevole stato d'animo e l'imminente orgasmo.

Dannazione.

«Scendi dalla macchina prima che si rompa.»

CAPITOLO 2

Levi

Non posso credere di aver beccato Clare seduta sulla mia lavatrice. L'elettrodomestico è di prima qualità e nuovissimo.

Deve proprio rovinare tutto?

La sua mano si alza e mi schiaffeggia mentre scivola giù dalla lavatrice.

Le ringhio contro e le afferro il polso prima che possa ritirarlo e schiaffeggiarmi di nuovo. «Questo è il ringraziamento che ricevo per averti lasciata entrare in casa mia?»

«Hai insinuato che sono grassa,» ribatte Clare.

«Cosa?» La fisso perplesso. «Quando diavolo l'avrei fatto?» Sono sicuro di non aver insinuato niente. La ragazza non è grassa. È formosa, con un corpo da urlo che vorrei dominare centimetro per centimetro —cazzo, non posso avere questi pensieri impetuosi.

È la tata, è più giovane di me di un decennio e, cosa più importante, è stata una grossa spina nel fianco da quando ci siamo incontrati sull'aereo.

«Mi hai detto che avrei rotto la lavatrice. Quindi, che sono grassa.»

Muove nervosamente i piedi e tiene il libro premuto contro il petto, ma è centrato e non fa nulla per coprire o nascondere i suoi seni prorompenti dalla mia vista.

Andare a letto con lei è fuori questione. Nemmeno se fossimo le ultime due persone sul pianeta e dovessimo procreare per sopravvivere la porterei nel mio letto.

Assolutamente no.

Il mio cazzo dice il contrario mentre fisso le sue tette piene che premono contro il reggiseno di pizzo. Sono sempre stato più attratto dal seno che dal sedere.

Il tessuto viola scuro è sottile e trasparente. Serve a malapena al suo scopo, se non solo a quello di provocarmi, e lo fa eccome. Vorrei strappare quel tessuto dalla sua pelle e liberare i suoi seni, prenderli in bocca, assaggiare e succhiare.

Se fossi un uomo sincero, le direi che non è grassa, che è formosa e sinuosa, e come mi piacerebbe leccare e assaporare ogni centimetro della sua pelle prima di scoparla fino allo sfinimento.

Ma questo è essere troppo onesti e non siamo coinvolti romanticamente. Non siamo niente. È la tata di mia figlia.

«Chiunque seduto sulla lavatrice la romperebbe. Che libro stai leggendo?» le chiedo, disperato di cambiare argomento.

«Non sono affari tuoi,» dice, stringendo il libro, tenendolo ben premuto contro il petto.

«Un libro piccante, quindi» deduco dalla sua riluttanza a mostrarmi la copertina e dal modo in cui lo stringe come se ne dipendesse la sua vita.

«I libri non sono piccanti. Gli uomini sono piccanti,» ribatte Clare.

«Anche le donne lo sono,» dico io.

Sbuffa sotto voce. «Non so di cosa parli.» Si avvicina a me e allunga la mano. Giuro che se mi sfiora il cazzo con la mano, potrei esplodere.

Le sue dita si infilano nella tasca dei miei pantaloni, recuperando lo slip del bikini rosso acceso. «Davvero? Non sei tu quello piccante qui, che ruba i miei slip usati?»

«Non so come ci sia finito lì,» dico ridendo.

«Certo. Dev'essere caduto nella tua tasca quando cercavi il mio balsamo, *Ladro di Mutandine*.» Gira su se stessa. La sua schiena è premuta contro il mio petto.

Faccio un passo indietro, assicurandomi che non possa sentire la mia erezione premerle contro. È chiaramente biologico. Lei è una donna. Io sono un uomo.

Ha delle tette fantastiche. Do la colpa al suo seno.

E quegli slip, giuro che non li ho rubati. Forse li ho toccati ed esaminati un po' troppo da vicino, ma giuro che non li ho messi in tasca.

Merda.

Non ricordo di averli infilati in tasca, ma lei mi aveva chiamato dal bagno, e potrei averli presi involontariamente nella fretta di assicurarmi che non avesse bisogno del mio aiuto.

Oh.

Sono davvero un ladro di mutandine!

La ragazza dell'aereo non me lo farà mai dimenticare.

Clare si piega in avanti, apre l'asciugatrice e recupera la sua maglietta. Con la schiena rivolta verso di me, infila le braccia nel tessuto e si volta. La vista non è più così sexy.

Soffoco un gemito di delusione.

Che diavolo mi prende? Questa donna è un pericolo. Mi passo una mano tra i capelli e faccio un passo indietro. Ho bisogno d'aria. E di una doccia gelata. Da quando ho aperto il suo bagaglio e ho frugato tra le sue mutandine, reggiseni e il vibratore rosa, il mio cazzo non ha smesso di pulsare.

Esco velocemente dalla stanza, lasciandole finire il bucato. Spero che non rompa la mia dannata lavatrice. Non che non possa permettermi di comprarne una nuova, ma non è questo il punto. Dovrebbe rispettare la mia proprietà e le mie cose.

Sto attento a non svegliare Amelia che dorme mentre mi dirigo verso la mia camera da letto e chiudo la porta. Vado nel mio bagno privato, mi spoglio e apro l'acqua calda.

Una doccia fredda non aiuterà stasera. Sarei solo tormentato da sogni su Clare, di cui non ho bisogno.

Voglio liberarmi di questa frustrazione repressa e andare avanti.

Stando sotto l'acqua tiepida, ruoto il collo da un lato all'altro, lasciando che la tensione si allenti.

Alzo la temperatura dell'acqua.

Il mio corpo è in fiamme, e l'unico modo per soddisfare i desideri che crescono dentro di me è adeguarmi al calore. Rimango sotto il getto, l'acqua che mi batte addosso. Con una mano, accarezzo il mio membro, l'altra la appoggio contro la fredda parete di piastrelle. L'estremo caldo-freddo è come ghiaccio su un fuoco ardente. Il vapore sfrigola e sibila.

Non voglio pensare a Clare o alle sue splendide tette racchiuse in quel reggiseno di pizzo viola.

Cazzo.

Invece, è l'unica cosa a cui riesco a pensare mentre accarezzo il mio membro e immagino che prenda il mio cazzo in bocca. Le mie dita intrecciate nei suoi capelli, scopando quelle sue labbra carnose.

Lascio che l'orgasmo mi travolga, mentre la doccia nasconde le prove. Finisco nella cabina, chiudo l'acqua prima che diventi fredda e afferro un soffice asciugamano bianco per asciugarmi.

Sì, avevo un sacco di asciugamani nell'armadio del corridoio e nel mio bagno. Ma non volevo dargliene uno.

Mi stavo comportando da stronzo.

La vendetta è un piatto che si serve freddo. Non è così che si dice?

Mi avvolgo l'asciugamano intorno alla vita e mi dirigo in camera mia per prendere un paio di boxer puliti da mettere prima di andare a letto.

È tutto ciò a cui penso, con i suoi occhi verde-azzurri e i lunghi capelli biondi. Potrebbe facilmente essere scambiata per la madre di Amelia. Accidenti, non posso credere che nella mia stanchezza estrema e nel mio esaurimento emotivo quasi l'ho chiamata "Mamma".

Che diavolo mi prende?

Come ha fatto a entrare sotto la mia pelle in un paio d'ore che, per giunta, cadono nella settimana più lunga della mia vita?

Prima, Amelia piomba nella mia vita. Ora, Clare. No, deve finire. Non lascerò che vada oltre. È solo una fantasia. La ragazza è troppo giovane. Quello che provo non è reale. Non la conosco. È una donna che aveva bisogno di un lavoro, ed è chiaramente brava con Amelia.

Una settimana.

La farò uscire da casa mia e non la rivedrò mai più.

Devo solo assumere un'altra tata, una ancora migliore. Non dovrebbe essere troppo difficile dopo che la mia assistente avrà scremato tra le varie *gold-digger* e le tate che cercano di accalappiarsi un marito miliardario.

Ci deve essere qualcuno che sia qualificato e bravo con Amelia. Clare non può essere l'unica donna in grado di farlo.

Anche se mi piacerebbe evitarla per i prossimi giorni, non mi fido completamente di lei con mia figlia. Allo stesso tempo, non posso permettermi di prendere una settimana di ferie quando devo definire i dettagli con la mia assistente sugli accordi per il mio viaggio in Europa.

E non può essere posticipato, il che va bene, dato che non partirò prima di una settimana. Ma questo non mi dà molto tempo per gestire la mia situazione con Clare. O la situazione di Amelia, a dire il vero. Anche se licenziassi la tata, non posso portare una bambina di cinque anni ai miei incontri negli hotel che intendo acquistare.

La mia assistente non si offrirà di badare ad Amelia. Inoltre, non lascerò Amelia da sola per una settimana dopo averla appena conosciuta e portata a casa. Ha bisogno di stabilità.

Una nuova tata l'aiuterà ad ambientarsi? Improbabile, ma Clare deve dimostrare di essere capace nel corso della prossima settimana.

E io devo tenere a bada il mio cazzo.

Non posso avere pensieri lascivi sulla sexy bionda che dorme dall'altra parte del corridoio. E quel vibratore che aveva appoggiato sopra i vestiti nella sua valigia...

Quell'affare rosa scuro con quella circonferenza. Non c'è modo che un pezzo di plastica possa farla godere.

Le mie guance bruciano, immaginandola mentre lo mette tra le gambe. Le sue mani accarezzano il suo corpo, giocano con i suoi seni, e scendono verso la sua figa rosa.

Su cosa fantastica?

Non sono così sciocco da pensare che sia io. L'ho appena conosciuta.

Mi passo una mano tra i capelli bagnati e in disordine e mi lascio cadere sul materasso fresco. Non serve a calmare il mio cazzo furioso, che ha deciso di risvegliarsi per il secondo round.

Non stasera, amico.

Non posso lasciare che lei entri nella mia testa.

La mattina seguente, mi sveglio all'alba. Mi faccio la doccia e mi vesto prima di uscire dalla mia stanza, indossando abiti da lavoro anche se non ho intenzione di andare in ufficio. Ma questo non significa che l'ufficio non possa venire da me.

La mia assistente mi ha già scritto che passerà questo pomeriggio con i documenti di cui ho bisogno, e non mi sorprenderebbe se una mezza dozzina di altri dipendenti si presentasse alla mia porta.

Soprattutto con le voci che circolano su Amelia.

Come potrebbe essere altrimenti con le stronzate che ha fatto la mia assistente Nancy? Quanti miliardari ci sono a New York? E il numero di contatto, per fortuna, non era il mio cellulare, ma la mia linea diretta in azienda.

Nancy vuole che la licenzi? Perché è dannatamente allettante. Ma la punizione migliore sarebbe farle gestire le signore affamate di denaro in fila per fare da tata a mia figlia.

Gli avvoltoi stanno arrivando per il colpo finale, desiderosi di vedere Amelia. Non mi sorprenderebbe se i giornalisti e i furgoni dei telegiornali fossero già in fila fuori dal cancello.

Un'altra ragione per non andare da nessuna parte per la prossima settimana. E poi andare in Europa con un volo privato. Non ho bisogno della seccatura di vedere la mia faccia, o quella di mia figlia, appiccicate ovunque in televisione.

Voglio proteggerla.

Esco dalla camera da letto, chiudendo la porta dietro di me. Non ho nemmeno dato un'occhiata al mio telefono questa mattina, un fatto insolito. In genere, prendere il cellulare è la prima cosa che faccio quando mi sveglio.

Tuttavia, non sono interessato ai numerosi messaggi e alle chiamate perse. Ci saranno messaggi vocali da innumerevoli persone con cui interagisco, che cercano di insinuarsi nella mia vita per ottenere informazioni privilegiate, probabilmente per poterle vendere ai bastardi dei media pronti a rovinare la vita di chiunque alla prima occasione di un ricco guadagno.

Sì, ho avuto a che fare con i loro imbrogli troppe volte. È stato uno dei motivi per cui Katelyn e io non siamo rimasti insieme. Non riusciva a gestire la pressione di essere costantemente sotto i riflettori.

Non l'ho mai biasimata per aver troncato, ma non sapevo nemmeno che fosse incinta. Si era resa conto di esserlo quando ha posto fine alla nostra relazione?

Accidenti, avevamo davvero una relazione?

Passavamo la maggior parte delle notti a scopare a casa sua o da me. Raramente uscivamo. Odiava il circo mediatico quando si trattava di cenare fuori.

Fa parte del prezzo della fama. Non che io sia famoso, sono solo ricco. Non sono cose mutuamente esclusive, ma sono stato in abbastanza riviste come Scapolo Più Ambito da mettere a disagio alcune ragazze.

Di solito non mi infastidisce, ma ora che ho una figlia, voglio proteggerla dall'inutile scrutinio dei media. Non è un animale selvatico da fotografare.

Do un'occhiata ad Amelia, e lei è sdraiata a letto, con gli occhi aperti. È silenziosa, e anche se odio svegliarla, non sono sicuro che verrebbe a cercarmi. La casa è grande, e io sono ancora una novità per lei.

Richiudo la porta, sperando che possa dormire ancora un po', ma lei si alza a sedere sul letto. «No!» mi grida, proclamando che è sveglia e pronta per iniziare la giornata.

Amelia scende dal letto, troppo grande per lei, e atterra con entrambi i piedi sul pavimento, correndo veloce verso di me.

«Che ne dici di controllare se la tua tata è sveglia?» dico. Almeno, se mi riferisco a lei come tata, metterò una distanza tanto necessaria tra di noi.

Amelia annuisce con entusiasmo e mi prende la mano mentre ci dirigiamo verso la porta accanto. Busso con decisione. Non voglio entrare all'improvviso, nel caso stia dormendo in biancheria intima.

Beh, forse sì. Probabilmente non dovrebbe dormire così, o nuda, dato che mia figlia è nella stanza accanto e dovrebbe prendersi cura di lei.

«Che c'è?» mormora Clare attraverso la porta con un brontolío assonnato e irritato.

Il mio cazzo reagisce alla sua voce, immaginandola sdraiata nel letto accanto a me.

No.

Non accadrà. Zero possibilità. Siamo una bomba a orologeria. Il solo fatto di trovarmi nelle sue vicinanze è pericoloso.

«Entra,» borbotta quando non rispondo abbastanza in fretta.

Giro la maniglia, sollevato che la porta sia aperta.

Clare si mette a sedere sul letto. La sua canottiera le aderisce al seno, con i capezzoli ben visibili attraverso il sottile tessuto azzurro.

Cerco di non fissare, ma è maledettamente difficile mantenere lo sguardo sul suo viso. «Amelia è sveglia. Ho del lavoro da fare.» Faccio entrare mia figlia nella stanza di Clare.

Amelia si precipita verso il letto, arrampicandosi sul materasso matrimoniale.

«Oh no, non farlo,» dice Clare, afferrando Amelia prima che possa saltare sul letto.

Chiudo la porta, lasciando che se la vedano loro due con la colazione e con il vestire Amelia per la giornata. Scendendo dalla scala sul retro, tiro fuori il telefono dalla tasca. Scorro attraverso la dozzina di chiamate perse e messaggi.

La maggior parte non m'importa, ma Connor, mio fratello minore, ha lasciato un messaggio. Mi strofino la mascella. Avrei dovuto parlargli di Amelia prima che venisse a saperlo da altre fonti.

Non mi preoccupo di ascoltare il messaggio. Sono sicuro che non si tratti di altro che di un rimprovero e darmi il suo parere non richiesto.

Entrando in cucina, accendo le luci e prendo i chicchi di caffè per preparare una caraffa fresca mentre richiamo Connor. Ho una caffettiera base oltre a una macchina per l'espresso. Questa mattina, voglio caffè nero. Qualsiasi altra cosa sarebbe troppo dolce.

«Ehi, stronzo,» dice Connor quando risponde alla chiamata.

«Bello parlare con te,» brontolo. Aggiungo acqua alla macchina del caffè e avvio il ciclo di preparazione. Non vedo l'ora sia pronto.

«Avevi intenzione di dirmi che hai una figlia, o volevi lasciare che lo scoprissi dalle ragazze dell'ufficio che spettegolano?»

«Merda,» mormoro, e mi passo una mano sugli occhi. «La voce si è già diffusa così velocemente?» La domanda è più rivolta a me stesso, ma Connor la prende come un invito a rispondere.

«Come potevi aspettarti che non succedesse quando hai messo la parola 'miliardario' nell'annuncio per la tata?»

Ha ragione. «Non l'ho fatto io,» dico. Ma non importa. È troppo tardi perché abbia importanza, perché il danno è stato fatto.

«Allora, quando potrò conoscere la tua piccola peste?» chiede Connor.

«Si chiama Amelia, e non ne sono sicuro. Ho programmato un viaggio in Europa per la prossima settimana, quindi il tempismo è un po' un problema al momento.»

Connor ride, ma non sembra divertito. È più una risata infastidita. «Non puoi nemmeno trovare tempo per la famiglia. Cavolo, fa male.»

Ma non credo che sia così. Connor ed io non andiamo molto d'accordo dalla morte di papà.

«Hai chiamato mamma per darle la notizia?» chiede Connor.

«Cazzo,» mormoro. «Non ho avuto esattamente tempo con il volo per Chicago per prendere la bambina. Sai, sua madre, Katelyn, è morta,» dico bruscamente.

«Merda, no, non lo sapevo. Katelyn era sua madre? Non è la ragazza a cui volevi chiedere di sposarti?»

La caffettiera suona, giusto in tempo per permettermi di affogare nella caffeina. Voglio finire questa conversazione prima che diventi ancora più difficile da digerire. «Era la ragazza con cui ho discusso di sposarci,» dico. Non ho mai comprato l'anello. Sono andato da Tiffany's e ho dato un'occhiata nel negozio, ma sapevo che in fondo Katelyn non avrebbe detto di sì.

Prendo una tazza dall'armadietto e mi verso un caffè fumante.

Una tazza amara per un vecchio amareggiato.

È tutto ciò che merito.

Prendo un sorso, il caffè mi brucia il palato. Faccio

una smorfia e ingoio il liquido, che mi brucia tutto il percorso verso lo stomaco.

«Cavolo, e pensare che se avessi sposato Katelyn...» Le sue parole svaniscono. Non sono sicuro di dove voglia andare a parare con questa conversazione.

Sono consapevole che Amelia mi è stata tenuta nascosta negli ultimi cinque anni, e non ne sono minimamente felice.

«Comunque, come gestisci la bambina con il lavoro? Sei riuscito ad assumere una tata? Scommetto che corrono tutte dietro al tuo grande stipendio.» Ridacchia al suo commento.

Io sono tutt'altro che divertito. «Ho trovato qualcuno in via temporanea.» Non elaborerò su come io e Clare ci siamo conosciuti. Non sono affari suoi.

«Bene. Bene,» dice, e segue un lungo silenzio. «Sei in ufficio oggi?»

«No,» rispondo, strofinandomi il collo. Da quando Connor si presenta o si preoccupa se io sia in ufficio? Lui gestisce l'hotel di New York. Siamo nella stessa città, ma ci vediamo a malapena.

È così che preferiamo entrambi, vederci a Natale e chiamarci per i compleanni a meno che non sia legato al lavoro, il che significa lui che chiama per chiedere soldi perché il suo hotel ha bisogno di qualche lavoro di restauro.

«Lavoro da casa per la settimana. Voglio assicurarmi che Amelia si sia sistemata e sia a suo agio prima di tornare in ufficio. Ha passato molto, e ci sono abbastanza cambiamenti intorno a lei che devo assicurarmi non la portino a chiudersi in sé stessa.»

Dopo aver assistito alla morte della madre, non mi sorprenderebbe se la bambina avesse riportato un trauma emotivo permanente.

Un altro motivo per chiamare quella psichiatra infantile e fissare un appuntamento per questa settimana. Forse potrei farla venire a casa per lavorare con Amelia. Sono sicuro che se le offro abbastanza soldi, sarebbe disposta a farlo.

«Ha senso. Mi piacerebbe passare, conoscere la bambina e la tata che hai assunto,» dice Connor, «e naturalmente, vedere te, *Fratellone*.»

«Non te ne frega niente di me.»

«Vero. Vero.» Connor non gira intorno al problema. «Sono curioso della bambina, e considerando che sono suo zio, non sarebbe bello che diventassimo più uniti?»

«Davvero? Non lo fai solo perché sei un bastardo curioso?» gli chiedo.

Ride. «Sì, in effetti, lo sono. Pensavo di passare, fare lo zio premuroso e portare alla bambina dei regali. Dio sa che casa tua non è a misura di bambino.»

«Ho intenzione di mandare Douglas a fare shopping,» dico. Pensavo di dare alla bambina uno di quei cataloghi natalizi e lasciarle scegliere qualunque cosa volesse, poi mandare il mio autista in una spedizione per comprare tutto. Naturalmente, trovare uno di quei cataloghi natalizi è un'impresa di per sé. Non è che tenga quella roba in giro per casa.

«Sai che c'è internet per questo, *Dinosauro*,» dice Connor.

«Ci vorrebbe troppo tempo.»

«Hai mai sentito parlare della spedizione in due giorni?»

Finisco il resto del mio caffè. «Ora riattacco. Ho del lavoro da fare.»

«E io no?» Connor ridacchia. «Passo questo pomeriggio. Tu e la bambina sarete a casa?»

«Sì, mandami un messaggio quando sei per strada.» Termino la chiamata con Connor ed esalo un sospiro di sollievo. Non mi ero reso conto di quanto fosse teso e stressante avere a che fare con mio fratello minore. Mamma ha passato più tempo a tirarlo fuori dai guai che a insegnargli qualche lezione quando era piccolo.

Sento un leggero rumore di passi nel corridoio seguito da enormi risatine.

«Potete entrare,» dico. Sembra che siano appena fuori dalla cucina. Quanto della conversazione avranno sentito?

«Scusa, non volevamo interrompere,» dice Clare mentre porta una ridacchiante Amelia tra le braccia. Rimette a terra i piedi della piccola.

«Su!» Amelia squittisce, e spinge di nuovo le braccia in aria.

Clare grugnisce e solleva mia figlia tra le braccia, fingendo di farla volare come un aeroplano. Posso dire che lo sta facendo per intrattenere Amelia, ma non è facile per lei. Offrirei il mio aiuto, ma ho del lavoro da fare.

«C'è un sacco di cibo nel frigo e nella dispensa. Trova qualcosa di sano per Amelia. Se ti serve qualcosa, c'è una lista sul frigo. Aggiungila.»

«Grazie,» dice Clare, con voce dolce.

Cerco di non fissarla. È ancora in pigiama, e così anche Amelia.

«Farò in modo che Douglas prenda alcuni giocattoli per Amelia insieme ai vestiti. Dovrebbe avere un altro completo nello zaino di sopra che può indossare oggi.»

«Va bene.» Clare è più dolce questa mattina quando parla, più silenziosa e meno esuberante di ieri.

Non sono sicuro del perché. Forse si sente fuori dal suo elemento nella mia casa.

Bene.

Teniamo la donna sulle spine. Non ho bisogno che mi risponda male davanti ad Amelia.

«Sarò nel mio ufficio. Se avete bisogno di qualcosa, è la prima porta a sinistra.» Indico la direzione verso cui sto andando.

«Grazie. Ce la caveremo.»

Mi verso una seconda tazza di caffè e la porto con me nel mio ufficio di casa. Non uso questo posto da quello che sembra un'eternità. Di solito non porto il lavoro a casa. Preferisco passare notti in ufficio se devo esaminare documenti e contratti.

Mando un messaggio a Douglas per prendere vestiti per Amelia insieme alle taglie del suo ultimo completo, che è fondamentalmente una maglietta con dei leggings. Il tutu con volant non aveva una taglia. Forse era stato fatto a mano.

È per questo che Amelia non voleva separarsene?

Gli menziono anche che le piace Supergirl e tutto ciò che riguarda le principesse.

A quale bambina non piacerebbe? mi risponde.

Buon punto. Lascio che si occupi lui dei vestiti, e mi suggerisce di prendere uno dei miei vecchi tablet e lasciare che Amelia scelga alcuni giocattoli su un'app. Posso mandargli un messaggio con ciò che le piace, e lui può prendere quello che è disponibile in negozio.

Se non fosse abbastanza per distrarmi, devo anche iscrivere Amelia all'asilo, il che significa indagare sulle scuole private in città e trovare quella che offre il miglior programma didattico.

Ho molto sul mio piatto oltre al mio tipico carico di lavoro, che al momento è opprimente.

Bevo un sorso di caffè, la spinta aggiuntiva mi aiuta a concentrarmi e a sbrigare un compito alla volta.

Dopo un'ora, ricevo un messaggio dalla mia assistente che sta arrivando davanti alla casa. Sebbene abbia il suo codice per entrare nella proprietà, la porta d'ingresso è chiusa manualmente, e nessuno tranne Douglas ha una chiave di riserva.

Douglas è il mio braccio destro; non è solo il mio autista. Affiderei a quell'uomo la mia vita.

Esco dall'ufficio e mi dirigo verso la porta d'ingresso, tirandola aperta. Nancy sta trasportando una pila di cartelle e documenti.

Chiudo la porta dietro di lei e blocco il chiavistello.

«Ecco,» dico, prendendole i documenti prima che li lasci cadere tutti sul mio pavimento.

«Grazie.» Si guarda intorno. Non è la prima volta che viene qui. Alcuni mesi fa, ho avuto bisogno di un intervento chirurgico d'emergenza dopo che la mia appendice è quasi scoppiata, ed è venuta con un cesto di auguri di pronta guarigione e una dozzina di documenti di cose che dovevano essere fatte mentre mi stavo riprendendo.

Il suo sguardo distratto mi dice che sta cercando Amelia, o forse la tata.

«Come sta andando?» chiede Nancy.

Lavoro con lei da quando mio padre era vivo e dirigeva la Luxenberg Enterprises. Era la mia assistente anche allora. È perspicace.

«Bene,» rispondo bruscamente. Non le concedo altro.

«E la nuova tata? Non ti ho inoltrato alcun nome. Ma ho portato tre fascicoli di donne qualificate per prendersi cura di tua figlia.»

Emetto un sospiro e faccio cenno a Nancy di seguirmi nel mio ufficio. Lascio la porta aperta e mi siedo dietro la scrivania, posando i fascicoli sulla superficie di mogano.

Si siede di fronte a me. «La pila di documenti in cima sono curriculum che ho esaminato personalmente. Insomma, non ho chiamato i loro referenti, ma sembrano candidate solide,» dice Nancy.

«Sono sposate?»

«Non lo so.»

Lascio cadere i fascicoli nel cestino senza nemmeno esaminarli. «A meno che non siano felicemente sposate, non sono interessato.»

La sua fronte si corruga. «Si rende conto che questa non è una domanda che possiamo legalmente fare a una candidata?»

Sono consapevole delle particolarità quando si tratta di assumere, ma non ho bisogno di un'altra tentazione sotto il mio tetto. Clare è già abbastanza problematica.

Potrei considerare di assumere un uomo, ma non mi sento a mio agio nel lasciare che un uomo stia intorno a mia figlia di cinque anni.

«Trova una soluzione. Fai qualche indagine» dico.

Nancy emette un profondo sospiro e si alza. «Lo sa che questo non fa parte delle mie mansioni.»

«Mi stai chiedendo un aumento?» La fisso. È questo il suo modo di dirmi che non è abbastanza apprezzata e che è sovraccarica di lavoro?

«No, è che non credo si renda conto di quanto tempo mi sia costato esaminare migliaia di curriculum. Le ho portato le tre migliori candidate.»

«E affideresti a loro tuo figlio?» chiedo.

«Se avessi dei figli, lo farei» risponde Nancy. È felicemente sposata ma senza figli.

«Prenderò in considerazione le candidate» dico, lanciando un'occhiata al cestino di metallo. Almeno è vuoto. Anche se non ho personale che si occupa costantemente della mia casa, c'è una donna che viene due volte a settimana per pulire e riordinare il posto. Fa parte della famiglia da secoli.

«Grazie.»

«C'è altro?» Ho bisogno che mi tenga aggiornato, dato che non sono in ufficio. Se succede qualcosa, ho bisogno che sia i miei occhi e le mie orecchie.

«Ho organizzato il suo itinerario per l'Europa, signore. Ma ho alcune domande.»

Annuisco, aspettando che continui.

«Viaggerà da solo, signore? O ha intenzione di portare sua figlia con lei? Mi rendo conto che non ha ancora deciso definitivamente su una tata, quindi non ero sicura di cosa volesse fare.»

Sospiro e mi accarezzo il mento, riflettendo sulle sue parole. «La situazione dell'Europa mi ha fatto pensare molto in questi ultimi giorni. A questo punto, vorrei che prenotassi una camera comunicante per tutti gli alloggi in hotel. Assicurati che l'auto che ci viene a prendere abbia un seggiolino per mia figlia. Le prenotazioni per i ristoranti dovrebbero includere tutte e tre le persone.»

«Signore?»

«Porterò Amelia con me e chiunque assumerò come sua tata. Al momento, sto lavorando con Clare tenendola in prova, ma non sono sicuro che sarà adatta per una posizione permanente. E non lascerò mia figlia con una tata appena assunta e che non conosco mentre sono all'estero.»

«Capisco. Farò queste modifiche, signore, e se posso...»

Non mi aspetto niente di meno da Nancy. È sempre stata schietta e onesta, a volte brutalmente e senza giri di parole.

«Sì?»

«Ha informato sua madre della bambina?»

Mi sposto indietro sulla sedia. È la stessa domanda che ha fatto Connor. So che è qualcosa che dovrò affrontare. Ma non è un momento che attendo con ansia.

Quella donna ha passato anni a tormentarmi perché mi sposassi, avessi dei figli e mettessi su una famiglia come si deve.

Come prenderà la notizia quando le presenterò Amelia, che ha già cinque anni? Posso già immaginare i commenti taglienti su come l'ho tenuta lontana dalla nipote e come ho potuto non sapere che Katelyn fosse incinta. Indubbiamente, darà la colpa a me.

E forse ha ragione. Forse è colpa mia. Se avessi insistito di più con Katelyn per far funzionare le cose e avessi soddisfatto le sue richieste, forse avrei saputo di Amelia.

«Non ho preso il telefono e l'ho chiamata. Mio fratello ha menzionato la stessa cosa» mormoro.

«L'unica ragione per cui lo menziono, a parte il fatto che potrebbe venirlo a sapere in altro modo, è che potrebbe essere in grado di aiutarla mentre è via.»

La mia mascella si irrigidisce. «Mia madre non si prenderà cura di Amelia.»

«Non può essere così terribile. Insomma, ha cresciuto lei» dice Nancy.

«Esattamente» mormoro. «Non voglio che la mia piccola Amelia finisca così.» Indico me stesso.

Nancy si alza e si muove inquieta, fissandomi. «Ci rifletta comunuque.»

L'accompagno fuori dal mio ufficio e fino alla porta d'ingresso, scortandola all'esterno.

Guardo l'orologio. Sono appena le dieci del mattino, e ho troppo da fare prima della fine della giornata. L'elenco delle tate qualificate che Nancy ha portato dovrà aspettare un altro giorno.

Clare gira l'angolo, sbattendo proprio contro il mio petto. «Ehi, vai piano,» dico, sostenendola per evitare che cada.

I suoi occhi sono spalancati, frenetici. È vestita, a differenza di prima quando era in pigiama. Indossa una maglietta floreale e dei pantaloncini di jeans blu che coprono a malapena il suo sedere. Sono strappati e lacerati; posso solo supporre che sia lo stile e che li abbia comprati così, ma non riesco proprio a capire perché.

«Non posso...» Il suo respiro è veloce e irregolare.

«Calmati. Che c'è che non va?» chiedo. Mi guardo alle sue spalle, non vedendo alcun segno di mia figlia. «Dov'è Amelia?»

CAPITOLO 3

Clare

«Non riesco a trovarla.»

Pensavo sarebbe stato divertente, un piccolo gioco per passare il tempo. Ma Amelia ha deciso di prendere nascondino un po' troppo sul serio.

Levi mi fissa, incredulo. «Che vuol dire che non trovi mia figlia?»

Inspiro bruscamente. Me la sono cercata. È totalmente colpa mia. Giocare con una bambina che conosci appena in una casa dove è già abbastanza facile perdersi senza nemmeno provarci è una follia.

Sono un'idiota, e mi licenzierà.

«Amelia e io stavamo cercando di trovare qualcosa da fare. Sembra che stia per piovere fuori, quindi ho proposto di giocare a nascondino in casa.»

«Capisco,» dice lui, accarezzandosi la mascella. La barba incolta è sexy, e i puntini argentati sparsi nel castano scuro mi fanno venire le vertigini. Il suo penetrante sguardo azzurro è fisso su di me.

«Stiamo giocando da ore, da quando ci siamo vestite dopo colazione, e ancora non riesco a trovarla.»

«Questa è una casa grande,» dice Levi, con una calma un po' troppo evidente.

«Come fai a non essere nel panico?» chiedo. Ho lo stomaco annodato.

«Le porte sono chiuse a chiave. Ci sono telecamere intorno alla proprietà, e non potrebbe essere uscita dal cancello a meno che qualcuno non l'abbia aperto.» La sua fronte si aggrotta, e la tranquillità sembra svanire. Si affretta a guardare dalla finestra verso il cancello aperto. Impreca e spalanca la porta d'ingresso, guardandosi intorno.

La bambina potrebbe essere ovunque. Avrei dovuto specificare che non si poteva uscire. Ma sembrava davvero che stesse per piovere. Non sarebbe uscita da sola. Almeno, spero di no.

«Non ci posso credere che l'hai persa,» ringhia Levi.

«Non è colpa mia. Stavo cercando di inventare un'attività al chiuso. Non è che tu abbia una sala giochi o videogiochi pronti per lei. Non c'è molto da fare.»

«Potreste usare entrambe l'immaginazione.»

Ha ragione. Non avrei dovuto proporre nascondino. La casa è enorme. Non mi perdonerei mai se fosse uscita dalla porta principale e fosse scappata dal giardino.

«Chiamiamo la polizia?» chiedo, con la voce tremante.

«No. Non vorrei spaventarla se fosse nascosta in casa. E certamente non ho bisogno che mia madre lo scopra al telegiornale delle cinque,» mormora Levi.

«Questo è ciò che ti preoccupa? Che tua madre lo scopra.» Rido per l'assurdità della sua affermazione.

Grugnisce e non mi risponde. Non lo sto incolpando; ho fatto un pasticcio, ed è arrabbiato con me. «Tu controlla il piano di sopra. Io controllerò il terzo piano. Poi scenderemo entrambi e proveremo al piano principale. Dille che hai biscotti o caramelle. Qualcosa che la faccia uscire allo scoperto.»

«Vuoi che menta a tua figlia?» Non posso credere al suo suggerimento. Sto cercando di guadagnarmi la sua fiducia, non di manipolarla.

«No, voglio che tu trovi Amelia.» Mi passa accanto di fretta, salendo due rampe di scale fino al terzo piano.

Mi affretto dietro di lui, controllando ogni camera da letto, la lavanderia e il bagno. Cerco dappertutto di nuovo, da dietro la tenda della doccia fino all'armadietto sotto il lavandino del bagno.

Non c'è traccia di Amelia.

«Biscotti! Tuo padre ha fatto dei biscotti appena sfornati,» grido attraverso il corridoio. Provo di nuovo nella mia camera e inciampo sulla valigia rosa lasciata leggermente aperta.

Sono sicura di averla chiusa con la cerniera ieri sera, ma era tardi dopo aver finito di fare il bucato e di riporre i miei vestiti.

Mi chino, e la valigia è molto più pesante di quanto dovrebbe essere mentre la spingo verso il muro.

Scoppia una risatina, e scopro del tutto la valigia, trovando la bambina che strilla. Salta su e giù dentro la mia valigia rigida, rompendo la parte sopra.

I suoi occhi si spalancano mentre rompe il rivestimento esterno.

«L'ho trovata!» grido, sperando che Levi possa sentirmi.

«Biscotti?» I suoi occhi si illuminano alla prospettiva dei biscotti. «Di che tipo?»

I pesanti passi di Levi risuonano sul tappeto mentre entra nella mia camera senza bussare. Non che abbia bisogno di annunciare la sua presenza; è piuttosto ovvio che sia qui.

«Dove eri...» Trova la risposta quando vede che la parte inferiore della valigia è danneggiato, e Amelia è ancora dentro, che balla e si dimena per la sua vittoria.

Levi la solleva in aria, portandola giù per le scale.

«La Ragazza dell'Aeroplano ha detto che hai fatto i biscotti,» proclama Amelia.

«Oh, davvero?» Levi mi guarda da sopra la spalla mentre scendiamo al piano principale.

«I biscotti sono stati una tua idea,» gli ricordo. Non spezzerò il cuore a quella bambina perché lui non ha biscotti in casa.

«Sì, lo erano.»

«Di che tipo? Con gocce di cioccolato?» chiede Amelia, agitandosi nel suo abbraccio.

«*Ragazza dell'Aereo*, sai cucinare?» chiede Levi.

Amelia tende le braccia, volendo che lui la faccia volare per aria come Supergirl. O forse mi sta prendendo in giro. Ma preferisco pensare che voglia essere un supereroe, volando attraverso il corridoio.

«Se ho un libro di ricette. Anche se probabilmente posso trovare qualcosa su internet» rispondo. Non ho provato a connettermi online da quando sono arrivata alla villa. Sono stata piuttosto occupata con il Ladro di Mutandine e la sua adorabile figlia. Inoltre, ho riposto il mio telefono nel cassetto del comodino. L'unica persona che mi manda messaggi o mi chiama è il mio ex-marito, e non voglio comunicare con lui.

«Ti servirà la password per internet» dice lui.

«Sarebbe utile.» Seguo i due in cucina. Levi mette Amelia sul bancone, facendola sedere sul bordo mentre la blocca per evitare che cada. Si allunga verso destra su uno scaffale attaccato al muro con una mezza dozzina di libri di cucina con copertina rigida.

Lo appoggia sul bancone e lo sfoglia, trovando la ricetta per i biscotti con gocce di cioccolato.

«Non possiamo usare semplicemente l'impasto già pronto?» chiedo. Non sono molto brava a fare dolci. Posso preparare una torta istantanea o ei cupcake, sempre da una confezione già pronta, ma non ho mai provato a mescolare ingredienti e metterli tutti insieme. E sono destinata a fare un pasticcio anche senza l'aiuto di una bambina.

«Non ho impasti per biscotti» dice Levi. Indica la dispensa. «La farina e lo zucchero semolato sono lì dentro. Ci sono uova fresche in frigorifero.»

Sono colpita da quanto siano ben fornite la sua dispensa. Per uno scapolo, mi sarei aspettata che tutto fosse scarso o scaduto.

Prendo anche la confezione di gocce di cioccolato che ci serviranno per la ricetta. «Cos'altro?»

«Burro, zucchero di canna, bicarbonato, sale ed estratto di vaniglia.»

«Piano» dico, prendendo un ingrediente alla volta mentre lui me li elenca di nuovo. Non conosco bene la sua cucina. Mi servono alcuni secondi in più per trovare ogni ingrediente. Lui prende le ciotole e mescola gli ingredienti, seguendo le istruzioni del libro. «Sono sorpresa che tu sappia cucinare.»

«Quando eravamo piccoli, mamma voleva aprire una sua pasticceria. Faceva biscotti, cupcake, torte, qualsiasi cosa si potesse mettere in un forno. Solo che non voleva mai vendere i dolci. Li regalava.»

Levi accende il forno, lasciandolo preriscaldare mentre mi indica di prendere una teglia.

«È molto dolce » dico.

In pochi minuti, spalmiamo l'impasto dei biscotti su una teglia unta e la infiliamo nel forno.

Amelia affonda le mani nell'impasto avanzato, ma Levi la ferma. «Non puoi ancora mangiarlo, tesoro. Ci sono uova crude. Potrebbe farti male.»

«Voglio i biscotti con gocce di cioccolato» dice lei, e si agita finché Levi non la mette giù sul pavimento.

«Saranno pronti tra poco» dico. «Vuoi guardarli cuocere nel forno?» Accendo la luce del forno, e lei fissa attraverso lo sportello di vetro, osservando i biscotti.

«Sei brava con lei» dice lui.

«È un complimento?» Sono sorpresa dalle sue parole. È la prima cosa gentile che mi dice.

«Non mi hai lasciato finire la frase. Sei brava con lei quando non la perdi.»

«Ahi.» Porto la mano al petto come se fossi stata colpita. «Parole dure dal Ladro di Mutandine.»

Gli occhi di Levi si spalancano, e guarda oltre me verso Amelia. È preoccupato che possa sentire la nostra conversazione? «Non devi chiamarmi così, *Ragazza dell'Aereo*.»

«Come dovrei chiamarti? *Brontolone Prepotente*?» chiedo.

Raddrizza le spalle. «Questa è nuova.»

«Beh, sei prepotente e brontoli costantemente.»

«Non è vero.»

«Sì invece» ribatto, rendendomi conto di quanto sembriamo infantili. Nascondo il mio sorriso mentre appoggio momentaneamente la mano sulla mascella e mi giro per prestare attenzione ad Amelia. È vicino al forno, e anche se sta solo guardando dentro, non voglio che si bruci o si faccia male.

Il telefono del Ladro di Mutandine vibra e ci tira fuori dalla nostra piccola fantasticheria. «Mio fratello sta venendo qui. Amelia, conoscerai lo zio Connor.»

Lei non sembra turbata dalla sua osservazione.

Non sono sicura che Amelia riconosca e comprenda pienamente che Levi è suo padre. Non spetta a me intromettermi.

Quando i biscotti finiscono di cuocere, il Ladro di Mutandine afferra un guanto da forno e tira fuori la teglia calda dal forno mentre io tengo indietro Amelia, lontana dal pericolo. «Dobbiamo stare attenti. Il forno è caldo» dico, volendo insegnarle a non bruciarsi.

Vorrei supporre che sua madre le abbia inculcato gli stessi principi fondamentali in cucina prima che venisse a vivere con suo padre. Ma se si facesse male sotto la mia sorveglianza, lui non me lo farebbe mai dimenticare.

Mi sorprende che non mi stia ancora facendo passare l'inferno per averla persa. Almeno era nella mia camera da letto. E giuro che avevo cercato in quella stanza da cima a fondo. Beh, tranne nei miei bagagli.

I bambini sono furbi, e Amelia non fa eccezione.

«Ascolta, dovrei avvertirti. Connor può essere un po' brusco.»

«Stai avvertendo tua figlia o me?» chiedo.

«Te, *Ragazza dell'Aereo*. Voglio che tu sia consapevole di ciò che ti aspetta se rimani.»

«So come gestirlo,» dico, mormorando, «Non può essere più difficile di te.»

Levi deve aver sentito il mio commento perché si gira di scatto, inchiodandomi con lo sguardo. «Connor tende a essere fastidioso e gli piace pensare di avere il controllo. Io *ho* il controllo. C'è una differenza.»

«Ti piace pensare di essere un Dominatore,» dico un po' troppo forte. Ma non credo che Amelia capisca e certamente non sta prestando attenzione. Il suo sguardo è fisso sul vassoio di biscotti che Levi sposta su un piatto per farli raffreddare.

«Cosa ne sai tu dei Dominatori?» chiede il Ladro di Mutandine, lanciandomi uno sguardo da sopra la spalla.

Vuole che gli dia lezioni? Mi sta prendendo in giro! «So che a loro piace pensare di essere al comando, ma in realtà, è la ragazza che tiene le redini.»

«Davvero?»

Il telefono di Levi vibra di nuovo, e io impreco sottovoce. «Tieni d'occhio Amelia e i biscotti. Connor sta arrivando.»

Non appena Levi esce dalla cucina, Amelia allunga la mano verso il piatto di biscotti. «Sono caldi,» dico. Per non parlare del fatto che è presto per darle dolci prima del pranzo.

Levi non ha piatti a prova di bambino. Non c'è nulla di plastica negli armadietti o nemmeno piatti di carta in giro.

Prendo un piattino e ci metto sopra un solo biscotto. «Che ne dici di sederti a tavola?» suggerisco, portando il piatto al tavolo. L'ultima cosa che voglio è che faccia cadere le stoviglie e si faccia male con le schegge.

Si arrampica sulla sedia di legno e si siede sulle ginocchia, allungandosi verso il biscotto. «È caldo,» le ricordo, soffiandoci sopra.

Imita le mie azioni prima di toccarlo con cautela. Quando è soddisfatta che non sia troppo caldo, le sue piccole dita afferrano il biscotto, che si sbriciola tra la sua bocca, il tavolo e il piatto.

Amelia è un disastro, ma alla bambina non importa, raccogliendo ogni pezzetto e briciola come se lasciarne uno indietro fosse un crimine.

Il Ladro di Mutandine ci raggiunge in cucina al piccolo tavolo con due sedie. Io non mi siedo. Resto in piedi accanto ad Amelia, tenendola d'occhio. Prendo alcuni tovaglioli, pulendo il pasticcio appiccicoso e cioccolatoso che lascia dietro di sé.

«Bene, salve,» dice il signore che accompagna Levi.

Presumo sia Connor, ma i due non si assomigliano per niente. Sono fratellastri o mezzi fratelli? Non c'è neanche una leggera somiglianza. Se Levi è piacevole alla vista e fa palpitare il mio cuore nel petto, Connor non emana lo stesso fascino sessuale o la stessa energia.

È parecchio più basso, e le sue spalle sono curve in avanti. Indossa una camicia stropicciata e pantaloni che sembrano un po' troppo stretti. È fatto apposta, o non sa scegliere i suoi vestiti?

Non solo è più basso di suo fratello, ma avrebbe anche bisogno di una spuntatina. Ha le sopracciglia cespugliose, e giuro di vedere dei peli che gli spuntano dalle orecchie. Sembra che i suoi capelli crescano ovunque tranne che sulla parte superiore della testa... poveretto.

Gli offro un sorriso amichevole mentre mi tende la mano. «Tu devi essere la nuova tata di cui mi ha parlato mio fratello. Sono Connor, il fratello bello,» dice.

Cerco di non ridere. Sono contenta che il tipo abbia buona autostima e fiducia in sé stesso, perché non c'è modo che Connor sia minimamente vicino al livello di attrattiva di Levi. È come se un figlio avesse preso i geni buoni e l'altro, beh, se li fosse persi.

Non che dovrei paragonare i fratelli. Non sono interessata a esplorare quel livello di piccantezza nella mia vita amorosa. O nella mancanza di essa, ad essere sincera. Il massimo calore che ricevo viene dal mio fidato vibratore e da quei romanzi d'amore che leggo a tarda notte.

Almeno quello è affidabile. Diamine, persino il mio ex, quando eravamo sposati, non riusciva a trovare quel bottone speciale da premere che mi avrebbe fatta tremare davvero. Peccato.

«Sono Clare,» dico.

«È la Ragazza dell'Aereo,» interviene Amelia, leccandosi le dita per pulirle dal cioccolato, ma il suo viso è piuttosto sporco.

Tanto valeva pulire il tavolo dopo. La bambina ha più cioccolato addosso che i biscotti.

«Ragazza dell'Aereo?» chiede Connor con una risatina, come se facesse parte dello scherzo. «Mi piace. Lei mi piace,» dice Connor, indicandomi con un dito. «E lasciami indovinare, signorina, tu devi essere Amelia.»

La bambina si siede più dritta e tende la sua manina sporca, appiccicosa e coperta di cioccolato. «Come sta?» chiede.

Connor scoppia a ridere, molto divertito dal suo atteggiamento, o forse dalla sua dolcezza. È già come una piccola versione di Levi, e si sono appena conosciuti. Immagino i suoi modi di fare dopo qualche mese che vivrà con lui.

Spero solo che il suo caratteraccio non si trasmetta a lei.

«Amelia,» dice Levi, «questo è tuo zio Connor. È mio fratello minore.»

«E il Luxenberg più bello della famiglia,» aggiunge Connor.

La faccia di Amelia si corruga e scuote la testa. «No no.» Indica suo padre.

«Forse dovremmo lasciare il voto decisivo alla tua nuova tata,» dice Connor, facendomi l'occhiolino. «Scommetto che ha un gusto fantastico in fatto di uomini.»

Sono grata di non aver mangiato un biscotto, altrimenti il mio stomaco lo starebbe riportando su. Come ne esco da questa situazione? Connor non mi attrae minimamente, e Levi, beh, non posso ammettere che sia attraente.

È il mio capo. E pure brontolone! Non vorrei mai che sospettasse di potermi far girare la testa.

No.

Alzo le spalle e rido. «Esco solo con donne,» dico. «Voi sembrate uomini. Non posso giudicare il sesso opposto.»

Levi mi passa accanto, prendendo il piatto sporco di Amelia. «Che scappatoia,» sussurra a bassa voce. Il suo corpo indugia un secondo più del dovuto, e giurerei che stia cercando di provocare una reazione, dimostrando di essere lui il fratello più attraente.

Ma non insiste oltre sulla questione o sui confini tra di noi.

«Wow. Ragazze, eh?» dice Connor con un sorrisetto malizioso. «Mai aggiunto un uomo al mix?»

«Stai seriamente chiedendo alla tata di mia figlia se farebbe un triangolo con te?» sibila Levi. Giuro che gli esce vapore dalla testa. Ha la mascella tesa e sta lavando il piatto a mano con una spugna che potrebbe disintegrarsi da un momento all'altro.

«Cos'è un triangolo?» chiede Amelia.

«Okay, basta chiacchiere sulla mia vita sentimentale.» Avverto entrambi i ragazzi di controllarsi, indicando prima Connor e poi Levi.

«Che ho detto?» chiede Levi, a bocca aperta.

«Non cominciare.» So che ha un talento per il furto di mutandine. Non so cosa stia tramando, ma non mi fido che non mi faccia accelerare il cuore nel momento più inopportuno.

Amelia scende dalla sedia, e io pulisco il pasticcio appiccicoso dal tavolo, dalle manine e dal viso della bambina.

Levi ha la mascella tesa e le mani strette a pugno lungo i fianchi. «Posso parlarti in privato, Clare?»

Il modo in cui pronuncia il mio nome mi fa correre un brivido lungo la schiena. «Sì, certo, signore.» Mi trascina nel corridoio, ma per tutto il tempo non perde mai di vista Amelia.

«Penso sia meglio se ti prendi il resto della giornata libera.»

«Mi dispiace. Ho fatto qualcosa che ti ha offeso?» Non riesco a capire cosa abbia fatto per irritare Levi, ma ci vuole poco per trasformarlo da Ladro di Mutandine in Brontolone delle Mutandine. Forse dovrebbe essere questo il suo nuovo soprannome.

Levi ha la mascella tesa. Non risponde alla mia domanda. «Puoi prendere in prestito una delle mie auto e passare il pomeriggio a fare shopping.»

«Shopping? Hai bisogno che ti faccia la spesa o altro?» Ha un frigorifero ben rifornito, ma forse ha bisogno che prenda alcune cose come il balsamo e roba del genere per Amelia.

Sposta il peso sui piedi e infila la mano nella tasca posteriore, tirando fuori il portafoglio. Una volta aperto, mi porge diverse banconote da cento dollari nuove di zecca.

Merda.

Vuole davvero che mi levi di torno.

Okay, per quattrocento dollari, posso farlo. Niente più domande. Capito.

«C'è qualcosa su cui vuoi che spenda questi soldi? Vestiti per Amelia?» chiedo.

Si avvicina e mi guarda. Giuro che sta per dirmi di comprare lingerie e un reggiseno che non sia così trasparente. «Qualsiasi cosa tu voglia, *Ragazza dell'Aereo*.

Lascio andare un respiro che non mi ero resa conto di trattenere.

Quindi, siamo tornati a quello. «Non riesci a inventarti un soprannome più originale per me?»

«Oh, potrei, ma dato che sei una mia dipendente, non vorrei che mi denunciassi per molestie sessuali.»

«Va bene, *Ladro di Mutandine*.» Sorrido maliziosamente, infilando il suo bel mazzetto di banconote da cento nel reggiseno.

Lui si morde il labbro inferiore per una frazione di secondo. «Non hai un portafogli?»

«Sì, di sopra,» dico, indicando le scale.

«Allora vai a prenderlo,» sbotta.

Annuisco e faccio un passo esitante, ma prima di girarmi, non posso fare a meno di chiedere: «Lo stai facendo perché non ti fidi di me intorno a tuo fratello, o non ti fidi di tuo fratello intorno a me?»

«Non mi fido di me stesso quando ti ho vicina,» ringhia, e si gira sui tacchi. «Non tornare prima di cena.»

«E Amelia?» chiedo. Levi non ha del lavoro da fare oggi da casa? Come farà a concludere qualcosa con una bambina di cinque anni che lo segue ovunque e suo fratello minore in visita?

«Resta qui con me.»

CAPITOLO 4

Levi

Sono proprio uno stronzo, lancio dei soldi alla tata e le dico di sparire.

Ma se non la faccio uscire di casa, Connor non la smetterà, e considerando che mi ha detto che esce solo con ragazze, non riesco proprio a concentrarmi adesso.

Ha detto così perché Connor l'ha messa in una posizione difficile?

O davvero non le piacciono gli uomini?

Cazzo.

Mi passo una mano tra i capelli, grato quando lei prende l'auto dal garage e parte, superando il cancello.

Dovrei tirare un sospiro di sollievo, ma tutto ciò che provo è angoscia. Avrei preferito che se ne fosse andato Connor, ma Clare tornerà.

Non ha nessun altro posto dove stare, e anche se le ho dato qualche centinaio di dollari per tenersi occupata per il pomeriggio, non è abbastanza per coprire l'affitto o un hotel a lungo termine.

Tornerà.

Inoltre, ho i suoi vestiti e il suo bagaglio, che tra l'altro è rotto. Devo sostituire la sua valigia con qualcosa di più resistente se Amelia può accedervi. È il minimo che possa fare dopo che ha dovuto avere a che fare con quell'idiota di mio fratello.

Metto Amelia davanti alla televisione e trovo un canale con dei cartoni animati per tenerla occupata.

«Non dovevi cacciare la tata. Avrei potuto controllarmi,» dice Connor.

«Ne dubito. Praticamente le stavi sbavando davanti

agli occhi. È brava con Amelia. Non voglio che si licenzi perché l'hai messa a disagio.»

«Non posso farci niente se è attraente. E adoro come le hai lanciato i soldi dicendole di sparire. Sugar daddy per caso?»

«È la tata di mia figlia. Nient'altro.»

«E una con cui mi piacerebbe andare a letto. C'è qualche possibilità che sia single?»

Il mio stomaco si contrae al pensiero di Connor che si avvicina alla tata di mia figlia. «Hai sentito cosa ha detto. Esce solo con ragazze,» dico, e mi schiarisco la gola.

Non dovremmo parlare di Clare.

Dopo cena, Amelia è irrequieta e non vuole fare il bagno né ascoltare una storia prima di dormire.

«Voglio l'Orsetta Clare,» dice Amelia, sfuggendo dalla mia presa e correndo nuda lungo il corridoio.

«E io voglio che tu faccia il bagno.»

«No bagno!» strilla Amelia e mi sfugge tra le gambe, correndo giù per le scale.

Il mio stomaco è in gola, e prego che la bambina non cada e si faccia male. Scivola sul pavimento di marmo ma riesce a mantenere l'equilibrio quando la porta d'ingresso cigola.

«Clare!» esclama Amelia, e alza le braccia in aria.

«Sei nuda,» dice Clare, in tono piatto.

Grugnisco mentre scendo le scale. «Qualcuno è fuggito dal bagno prima che potessi riempire la vasca.»

«No bagno!» strilla, e cerca di sfrecciare via da Clare, ma la tata prende mia figlia tra le braccia.

«Bel tentativo,» dice Clare, togliendosi le scarpe mentre tiene in braccio il mio piccolo mostro. Scendo le scale per prendere Amelia dalle sue braccia e riportarla verso il bagno.

«Sei tornata tardi,» dico. Non è inteso come un'accusa, ma suona così quando esce dalla mia bocca. Se devo essere onesto, sono un po' infastidito dal fatto che non sia tornata a casa subito dopo cena come avevo richiesto.

«Mi hai detto... sai cosa, lascia stare.» Clare non discute con me. Alza una mano mentre mi segue su per le scale. «Quando hai finito di fare il bagno ad Amelia, ho delle borse nel bagagliaio e nel sedile posteriore per cui mi servirebbe una mano.»

«Non potevi portare dentro la tua roba da sola?» mormoro tra i denti.

«Avrei bisogno di aiuto. Alcune cose sono piuttosto pesanti,» dice.

Cosa diavolo ha comprato di così pesante che non riesce a portare? E come farà a trasportarlo ovunque la porterà la sua prossima avventura? L'ho accompagnata io a casa. Ha preso in prestito la mia macchina.

«Valigia nuova?» chiedo, non che dovrebbe essere troppo pesante da portare per lei.

«No, non ci ho nemmeno pensato. Probabilmente avrei dovuto sostituire la mia,» dice Clare. Fa una smorfia, come se si stesse pentendo dei suoi acquisti.

«Non preoccuparti. Fammi sapere quanto costa e ti darò il valore di sostituzione.»

«Sarebbe tipo un valore ammortizzato basato sull'età della valigia e sul suo grado di usura?»

Non sono sicuro se intenda essere sarcastica, ma di certo suona così, con un bel po' di carattere.

Ho bisogno di un minuto lontano da Clare, e con lei che mi segue su per le scale e Amelia che si agita di nuovo, ribellandosi, ho bisogno di una nuova tattica.

«Che ne dici se la prepari tu per andare a letto, le fai il bagno e la vesti? Io prendo le cose dalla macchina.»

«Mi sembra un buon accordo,» dice Clare.

Metto Amelia in bagno e chiudo la porta, lasciando che le due se la cavino da sole. Se vuole fare la doccia ad Amelia, che lo faccia pure. Io voglio solo un minuto di pace e tranquillità.

Scendo le scale, mi infilo le scarpe ed esco. L'aria è fresca, ma la serata è piacevole. Il veicolo è aperto e sblocco il bagagliaio, rivelando borse di libri, giocattoli e persino alcuni vestiti per travestimenti. Tutto sembra essere per Amelia.

Douglas è passato all'ora di cena con tre borse della spesa di vestiti per Amelia, ma non è neanche lontanamente abbastanza considerando il casino che quella bambina fa quando mangia. Inoltre, tutto ciò che ha comprato era adatto al clima autunnale attuale, e probabilmente le starà piccolo nel giro di qualche mese.

Porto le borse nell'ingresso e torno alla macchina per prendere il resto. Ci sono persino alcune scatole sul sedile posteriore.

Avevo dato a Clare dei soldi da spendere per sé stessa. Non mi aspettavo che avrebbe comprato ad Amelia abbastanza giocattoli da riempire una sala giochi.

Dopo aver portato tutto dentro, parcheggio l'auto nel garage e chiudo la casa, assicurandomi che sia tutto sicuro.

Non avevo pensato a una sala giochi per Amelia. Volevo comprarle alcuni giocattoli e darle qualcosa di educativo e divertente da fare mentre non era a scuola, il che mi ricorda che devo ancora iscriverla all'asilo domani, prima cosa.

La mia giornata oggi mi è sembrata sprecata. Non necessariamente in modo negativo. Non ho ancora contattato mia madre, ma Connor ha conosciuto Amelia. È stato un buon primo passo.

Trascino i giocattoli e i libri in una delle stanze al piano di sotto. Dovrò riorganizzare i mobili e renderla a misura di bambino, ma almeno le borse e le scatole di giocattoli per Amelia non saranno in mezzo al pavimento. Non voglio che Clare ci inciampi.

Prendo un libro per bambini dalla borsa della libreria e lo porto di sopra.

Dopo che Amelia ha finito di fare il bagno e si è messa il pigiama, la metto a letto con una storia. I suoi occhi si illuminano mentre si infila sotto le coperte.

Clare osserva dalla porta per un minuto con un sorriso pensieroso, prima di lasciare noi due da soli.

Spengo le luci, do un bacio della buonanotte ad Amelia e chiudo la porta della sua camera. Clare è nella lavanderia, con la luce accesa.

Il mio cuore sobbalza, ricordando ciò che è accaduto nella lavanderia la scorsa notte, quando ha scoperto un paio di mutandine di seta nella mia tasca. Controllo le mie tasche, non che mi aspetti che un altro paio sia apparso magicamente lì dentro, a meno che non ce le abbia messe lei come scherzo.

Nessuno scherzo.

Le mie tasche sono vuote, tranne che per il telefono e il portafoglio.

Lei infila gli asciugamani nella lavatrice, avviando un carico di bucato.

«Non mi aspettavo che comprassi tutte quelle cose per Amelia,» dico, infilando le mani nelle tasche.

«Mi hai dato quattrocento dollari, signore. Non potevo semplicemente spenderli in oggetti senza senso.»

«Erano destinati a te,» dico, facendo un passo più vicino.

Lei fa un respiro profondo. «Non devi comprare il mio... qualunque cosa sia questa.» Fa un gesto tra di noi.

La mia fronte si corruga. «Non sto comprando niente da te,» ringhio. «Stavo solo cercando di essere gentile. Non hai portato molto a casa mia. Pensavo che avresti potuto aver bisogno di vestiti, prodotti per l'igiene personale, qualsiasi cosa.»

Una parte di me sperava che avrebbe comprato della biancheria sexy, magari un vestito un po' troppo corto in modo che quando si piegava potessi vedere il suo sedere perfettamente sodo.

Mi agito sui piedi, a disagio. Non dovrei avere pensieri così lascivi sulla tata. Quanti anni ha, ventisette? Io ne ho quaranta.

«Pensavo che mi stessi allontanando per la giornata a causa del commento di Connor sul triangolo amoroso,» dice Clare, riportando la conversazione su quel punto.

Faccio una smorfia e mi strofino la fronte. «Mi dispiace che ti abbia detto quella cosa, Clare. È stato altamente inappropriato.»

«Più inappropriato di me che gli ho mentito dicendo che esco con le ragazze?»

Una sensazione di sollievo mi invade. Mi ero chiesto tutto il pomeriggio, da quando era uscita, se davvero frequentasse ragazze o se quello fosse il suo modo di rifiutare educatamente mio fratello. Speravo fosse la seconda ipotesi, perché avrebbe significato che le mie fantasie un giorno avrebbero potuto avverarsi.

Il mio cazzo ebbe un sussulto nei pantaloni.

Giù, ragazzo.

Non è il momento. È la tata di Amelia. Clare lavora per me. Non ho intenzione di mandare tutto all'aria.

«Hai menzionato sull'aereo che eri sposata in precedenza. Non ero sicuro dei dettagli,» dico, cercando di non fare una questione importante del suo commento di prima.

«Oh, mi piacciono gli uomini,» sussurra, guardandomi dritto nell'anima. «Uomini affascinanti, dai capelli scuri, pensierosi, che dicono le cose come stanno e sanno ciò che vogliono.»

Dannazione, sta descrivendo me. Non è così?

Non batte ciglio, il suo sguardo è agganciato al mio. È un peccato che questo non possa accadere. La tensione sessuale è insormontabile, ma non manderò tutto all'aria per il mio piacere personale.

Amelia merita di meglio.

Anche Clare lo merita.

«Peccato che tu non abbia un debole per i papà single e burberi,» scherzo, «perché io sono quel tipo di uomo.»

Si morde il labbro inferiore, e io mi avvicino. Non dovrei.

Questa lavanderia ha già causato più drammi del necessario tra noi. Non è più un luogo sicuro ma una stanza piena di tensione sessuale. Il piccolo spazio la intrappola e fa accelerare il mio polso e ribollire il mio sangue.

La ho tra me e la lavatrice.

Clare esala un respiro ansioso. Le sue labbra si socchiudono e più la guardo nei suoi occhi verde azzurri, più le sue guance si arrossano.

«Signore?» La voce di Clare è rauca e intensa. Potrei immaginarmela mentre urla il mio nome al culmine della passione.

Il mio cazzo preme contro i pantaloni. Avrò bisogno di una doccia gelida dopo essere stato in sua presenza. Non ci siamo nemmeno toccati e sto morendo dentro, soffrendo di desiderio. Lei fa ribollire il mio sangue e mi fa sentire un uomo in ogni centimetro.

Non dovrei essere così dipendente da una donna che non ho nemmeno scopato.

E non possiamo.

Non dovremmo.

È la tata di mia figlia! La conosco appena.

«*Ladro di Mutandine*,» dice Clare, sfidandomi a reagire. Lo sento nel suo sguardo ardente. Vuole che la baci, che la assapori, e che la faccia impazzire di passione. È fottutamente incredibile, e lentamente tendo la mano, le mie dita che spingono una ciocca dei suoi capelli biondi dietro l'orecchio.

«Non me lo farai mai dimenticare,» dico, grato che non mi avesse chiamato con quel soprannome davanti a Connor. Un'altra ragione per cui avevo bisogno di mandarla fuori casa quel pomeriggio.

Ci sono alcune cose che mio fratello minore non ha bisogno di sapere. Il fatto che abbia un'erezione pazzesca per la tata è una di quelle.

Clare sorride maliziosamente e si avvicina, sfiorando il mio orecchio con le sue labbra. «Se volevi un paio delle mie mutandine, dovevi solo chiedere.»

Apro la bocca per dirle che non avevo intenzione di rubarle. Diavolo, non so come siano finite nella mia tasca, ma quelle parole non escono dalla mia bocca.

Invece, mi avvicino, chiudendo la distanza, lasciando solo un minuscolo spazio tra noi, un respiro. Le mie labbra schiacciano avidamente le sue, con forza e rudemente, mentre le tiro i fianchi contro i miei, volendo farle sentire quel che mi fa.

Clare boccheggia. La morbidezza e la sorpresa che fuoriescono dalle sue labbra sono come il paradiso, finché non mi rendo conto che non sta ricambiando il mio bacio.

CAPITOLO 5

Clare

Avrei voluto ricambiare il suo bacio. Mi ha colta di sorpresa. Sì, stavamo flirtando, ma pensavo che non saremmo andati oltre.

Levi non mi piace. Sono solo una dipendente, la tata di sua figlia. E qualunque sentimento lui creda di provare per me, è confuso dal fatto che mi prendo cura di Amelia.

Probabilmente, si è fatto qualche fantasia in cui potremmo essere una famiglia felice. Sua figlia avrebbe una nuova madre, e lui avrebbe qualcuno che si occupa della casa e della bambina mentre lavora tutto il giorno.

Ebbene, indovina un po', *Ladro di Mutandine*. Questo non accadrà.

Sfreccio via prima che abbia il tempo di fermarmi e mi dirigo verso la mia camera, chiudendo bruscamente la porta e bloccandola. Non può parlarmi se non riesce a raggiungermi.

Mi sto comportando in modo infantile? Forse, ma preferisco evitare Levi in questo momento, piuttosto che affrontare ciò che è appena successo.

Prendo un cambio di vestiti e aspetto che la via sia libera per sgattaiolare nel corridoio e infilarmi in bagno per fare la doccia. C'è un soffice asciugamano bianco sullo scaffale del bagno, quindi almeno non devo chiedere a Levi dove sono gli asciugamani o ritrovarmi faccia a faccia con lui di nuovo questa sera.

Una doccia non aiuta il mio umore né allevia la tensione nel collo o il formicolio in tutto il corpo.

Mi ha baciata.

Levi Luxenberg, il brontolone tra i brontoloni, mi ha baciata.

Gemo e mi immergo sotto la doccia, l'acqua calda riempie la stanza di vapore. Avrei dovuto fare un bagno. Sarebbe stato molto più rilassante che struggermi per il mio capo.

Dopo aver finito la doccia, mi asciugo e inizio a vestirmi, realizzando di aver lasciato i pantaloncini del pigiama nella mia camera.

Borbotto sottovoce, infilo le mutandine e poi una camicia che copre a malapena il sedere.

L'asciugamano è bagnato e non è abbastanza grande da avvolgersi completamente attorno alla mia vita formosa senza mostrare le mutandine. Pazienza. Attraverserò velocemente il corridoio. Speriamo che Levi non sia in vista.

Il vapore riempie il bagno e socchiudo la porta. Non c'è traccia di Levi.

Meno male.

Mi affretto fuori dal bagno e corro verso la porta della camera, afferrando la maniglia per spalancarla.

«Dimenticato qualcosa?» Levi è in piedi nel corridoio, il suo sguardo su di me o, più precisamente, sul mio sedere.

Almeno mi sono ricordata le mutandine.

«Vattene,» gli dico, come se potesse servire. Addio al piano di intrufolarmi in camera inosservata. Mi precipito dentro e chiudo la porta un po' troppo rumorosamente. Trasalisco, sperando di non aver svegliato Amelia.

Levi avrebbe tutto il diritto di essere arrabbiato con me se l'avessi fatto, e non avrei altra scelta che provare a farla riaddormentare.

Sul mio letto ci sono i pantaloni del pigiama che avevo preso e dimenticato distrattamente di portare in bagno.

"Sto cercando di umiliarmi davanti al Ladro di Mutandine?", borbotto. Probabilmente, ruberebbe anche le mutandine che sto indossando se potesse.

Infilo i pantaloni del pigiama e scivolo sotto le coperte. Voglio che questa notte finisca, e non voglio mai più affrontare Levi.

Ma domani arriverà, e dovrò fingere che il bacio e poi lui che mi vede in mutande non siano mai accaduti.

Lo catalogherò semplicemente come un'esperienza da cui imparare.

Non si bacia il proprio capo.

Beh, tecnicamente, lui ha baciato me.

E io ho mandato all'aria la sua giocata.

Non sono appassionata di sport, eppure capisco l'analogia. Gemendo, allungo la mano verso il comodino per prendere il mio libro. Almeno posso immergermi in qualche minuto di beatitudine prima di addormentarmi.

————

La mattina seguente Amelia irrompe nella mia stanza senza preavviso.

Ha svegliato suo padre ieri? È per questo che è venuto nella mia stanza, per farmi sapere che era sveglia e aveva bisogno di attenzioni?

«Orsetta Clare,» esclama Amelia, arrampicandosi sul mio materasso. Ho la sensazione che stia per saltare sul letto, e non voglio che rovini un materasso perfettamente buono.

A dire il vero, è il letto più comodo in cui sia mai stata. Quell'uomo conosce il lusso. Non mi sarei mai aspettata che il letto degli ospiti fosse così accogliente e confortevole. Levi mi sorprende, anche quando non vorrei.

Tiro giù Amelia prima che possa volare per aria e le faccio il solletico sulla pancia. Lei si dimena e ridacchia eccitata. «Voglio i pancake,» annuncia.

«Credo che possiamo farlo,» dico, scendendo dal materasso, e lei salta giù con me. I suoi piedi fanno un tonfo rumoroso. Giuro che fa vibrare la casa, ma atterra come una campionessa.

Amelia si precipita verso la porta, e Levi è già nel corridoio quando giro la maniglia. È in piedi fuori dalla porta della camera da letto, come se stesse valutando se entrare o bussare prima.

«Tutto a posto?,» chiede. Ha gli occhi stanchi e sembra appena saltato fuori dal letto. Indossa solo i boxer, e giuro che ha un'erezione mattutina.

Cerco di non fissare. Sono sicura che sia solo... non lo so nemmeno. Cerco di non guardare giù verso quella tenda molto grande che sta montando.

Nel caso se ne fosse accorto, fa fa finta di niente, o almeno di non esserne infastidito. Forse vuole che lo veda!

Beh, non voglio che Amelia lo veda o faccia domande. Le copro gli occhi, soprattutto dato che è all'altezza del suo viso, e la guido verso le scale.

«Non vedo!» si lamenta Amelia.

Piccola... è proprio questo il punto.

«Stiamo bene. Tutto a posto. Svegli e pronti per i pancake,» dico. «Tu dovresti vestirti.» È dannatamente difficile sostenere il suo sguardo senza che i miei occhi percorrano quegli addominali scolpiti.

Ogni centimetro che ho visto di lui è glorioso e sexy da morire. Come fa a non avere una donna che striscia nel suo letto ogni notte?

Forse di solito ce l'ha, e Amelia ha rovinato la sua routine nelle ultime due notti.

Bene.

Il pensiero che porti qualsiasi gonnella su nella sua stanza mi fa venire la pelle d'oca.

«Vi aiuterò con la colazione dopo essermi fatto la doccia e vestito. Ci sono gocce di cioccolato...»

«Nella dispensa, mi ricordo.»

«E mirtilli in frigorifero,» aggiunge.

«Sì, mirtilli e gocce di cioccolato non stanno molto bene insieme,» ribatto da sopra la spalla. Proprio come lui e me. Io sono il dolce mirtillo, e lui è il cioccolato fondente amaro e delizioso che sai che fa male e che non dovresti mangiare a colazione.

Scopro gli occhi di Amelia mentre ci avviciniamo alle scale e le prendo la mano, affrettandoci al piano principale mentre Levi fa la doccia.

Non posso fare a meno di immaginarlo mentre si abbassa quei boxer, entrando sotto il getto in tutta la sua gloria nuda, il suo membro grosso e duro.

Senza dubbio si starà liberando di quella tensione mattutina con cui si è svegliato. A chi penserà mentre si accarezza?

Scaccio immediatamente quel pensiero dalla mia testa.

È stato solo uno sciocco bacio.

Non starà pensando a me, la tata formosa e più giovane che lo fa innervosire.

Non è l'unica cosa sotto cui mi piacerebbe stare. Mi mordo il labbro inferiore. Per fortuna, Levi non è nei paraggi e non può leggermi nella mente. I miei pensieri sono incredibilmente perversi stamattina.

«Posso avere i pancake con le gocce di cioccolato?,» chiede Amelia quando raggiungiamo la cucina.

«Certo,» dico. Suo padre ha menzionato le gocce di cioccolato, quindi non vedo perché farlo se non volesse che lei le avesse.

Cerco nella dispensa e recupero le gocce di cioccolato, ma non c'è nessuna scatola di preparato per pancake già pronto. «Immagino che dovremo farli da zero,» mormoro, e prendo il libro di ricette dallo scaffale.

Sfogliando le pagine, trovo la ricetta per i pancake, prendo gli ingredienti necessari e gli utensili per misurare, insieme a una ciotola gigante.

Dopo che i pancake hanno finiti di cuocere e sono in tavola, Levi scende vestito col suo completo, e sembra davvero un gran figo.

Quell'uomo possiede vestiti casual?

«Buongiorno,» dico, cercando di essere tranquilla dopo quello che so che doveva star facendo nella doccia. Voglio dire, altrimenti non sarebbe dolorante e in procinto di esplodere? Non sembra irritato o frustrato.

Perché m'importa di quello che ha fatto nella privacy del suo bagno? Questa è casa sua.

Perché sto addirittura pensando a cose così indecenti?

«Buongiorno» dice, e prende un pancake dalla pila, rinunciando al piatto. Porta il pancake grande quanto una moneta d'argento alle labbra e ne stacca un morso.

Non credo stia cercando di essere sexy, ma cavolo, quell'uomo emana vibrazioni anche quando fa il disinvolto.

Forse ho bisogno di una serata libera, un corpo caldo da assalire, e supererò questa cotta per il mio burbero capo. A parte stamattina, non si sta comportando come il brontolone che mi sarei aspettata.

«Devo visitare alcune scuole private oggi, e Amelia verrà con me.»

«Oh, va bene» rispondo. Non sono sicura di cosa significhi. Vuole che lo accompagni? Preferirebbe che rimanessi qui per la giornata? Sto aspettando che elabori, perché la suspense mi sta uccidendo, e francamente, stare in sua presenza tutto il giorno potrebbe fare altrettanto.

«La mia assistente ha fissato tre appuntamenti. Vorrei che Amelia fosse vestita e pronta per partire dopo colazione. Douglas le ha comprato un grembiule scozzese che penso sarebbe appropriato per il suo colloquio.»

«Colloquio?» Ho bisogno di caffè, subito.

Mi dirigo verso la caffettiera, e Levi mi raggiunge, prendendo i chicchi di caffè e versando l'acqua nel serbatoio. In realtà, sto solo ferma a fare la bella statuina mentre lui mi prepara il caffè. Allo stesso tempo, sono certa che ne stia preparando una tazza anche per sé, visto che sta facendo un'intera caraffa.

«Nancy è riuscita a organizzare tre colloqui dell'ultimo minuto nelle scuole private più prestigiose della zona. Voglio che Amelia abbia il futuro più brillante possibile, e ciò inizia dandole la migliore istruzione.»

«Con ricchi snob?» Le parole mi escono dalle labbra prima che possa riprenderle. Vorrei davvero avere quella tazza fumante di caffè in cui poter annegare. Invece, sposto il peso da un piede all'altro, imbarazzata, e faccio una smorfia.

«Dimmi cosa pensi veramente di me.»

Anche se dubito che lo intenda sul serio, la cascata di parole continua. «A parte che vivi in una villa e probabilmente spendi più in detersivo per bucato di quanto io guadagni in un anno?»

«Cosa?» Il suo naso si arriccia.

«Le cose che compri non esistono nemmeno nei negozi normali.»

«È organico e biodegradabile. La confezione è riciclabile ed è buono per l'ambiente.»

«È sapone.» Non riesco proprio a fermarmi. «Pensi di poter comprare la tua via d'uscita da qualsiasi cosa. Prendi me, ad esempio. Mi hai mandata via con quattrocento dollari ieri per liberarti di me. Riesci a capire quanto sia offensivo?!»

Solleva un sopracciglio e incrocia le braccia sul petto. «Sono sicuro che stai per dirmelo.» La sua lingua si sposta per un momento verso il lato della bocca. È irritato con me.

Bene.

Allora forse non cercherà di baciarmi di nuovo o di masturbarsi in bagno pensando a me. Trasalisco interiormente a queiu pensieri.

«Non fermarti, però,» mi sfida Levi.

Sbuffo e afferro una tazza. Il caffè non è ancora pronto. Ho bisogno della mia dose di caffeina. «Pensi davvero che un'istruzione di prim'ordine quando è all'asilo farà la differenza per il suo futuro? Verrà mandata a scuola con altri bambini ricchi e non capirà che non è così che vive la maggior parte di noi.»

«È sbagliato da parte mia volerle dare ogni opportunità per avere successo?»

«No» sussurro, sentendo la sua ira.

«Forse non sono stato presente per lei nei primi cinque anni della sua vita, ma farò maledettamente in modo di esserci per il resto. Se questo significa pagare un milione di dollari alla scuola per finanziare un nuovo laboratorio scientifico e assicurarle l'iscrizione quando non hanno posti disponibili, lo farò.»

Sobbalzo per la facilità con cui spenderebbe i suoi soldi per sua figlia. «Un milione di dollari?»

Non ho mai guadagnato a sei cifre prima, figuriamoci conoscere qualcuno che ha superato le sette cifre. «Sei un milionario?» rantolo. È maleducato. Non dovrei nemmeno chiedere. Voglio dire, è ovvio dalla casa, le auto di lusso, il modo in cui mi ha lanciato centinaia di dollari come se fossero spiccioli.

«Miliardario» mi corregge, e guarda oltre me, verso Amelia. «Ha finito di mangiare. Porta mia figlia di sopra e vestila. Dobbiamo uscire di qui tra trenta minuti.»

CAPITOLO 6

Levi

Non avevo intenzione di dirle che sono un miliardario. Clare mi irrita oltre ogni limite. E pensa che non farei qualsiasi cosa in mio potere per dare il mondo ad Amelia... che tipo di uomo crede che io sia, quella tata?

Forse non sono il più gentile o il più delicato, ma ho le mie ragioni, e nessuno si è mai lamentato prima. Beh, almeno non in faccia.

Il denaro compra molte cose e non solo la retta di una scuola privata. Senza il mio nome, le accademie con cui abbiamo i colloqui oggi non avrebbero mai preso in considerazione l'idea di permettere ad Amelia di iscriversi.

L'anno scolastico è già iniziato, ed è una situazione insolita.

Amelia scende di corsa dalle scale mentre io aspetto vicino alla porta d'ingresso, controllando l'orologio.

«Clare?» grido, aspettando che emerga anche lei dal piano di sopra.

È ancora in pigiama, ma a differenza di ieri sera, indossa l'intero completo. Peccato. Mi piaceva davvero vederla in mutandine.

Clare sporge la testa oltre la ringhiera. Non è ancora vestita per venire con me. «Sì, signore?»

Non sono sicuro se preferisco che mi chiami signore o Ladro di Mutandine. Preferirei che non fosse così formale. Almeno, quando mi prende in giro con quel soprannome scandaloso, so che le piaccio.

Sta flirtando con me, no?

Pensavo di sì, anzi, ne ero sicuro. Fino a quando l'ho baciata. Il calore tra noi era stato stuzzicante, le mie viscere desiderose di sentirla contro di me...

E quando mi sono avvicinato, non ha ricambiato il bacio.

Cos'è stato?

Devo aver interpretato male i segnali.

È meglio così. Non posso andare in giro a dormire con chiunque io assuma. Potrebbe cercare di farmi causa, e non posso permettermi una causa legale. Non sarebbero i soldi il problema; è il fatto che Amelia non potrebbe vedere Clare ogni giorno.

Anche se dubito che Clare possa permettersi un avvocato. Tuttavia, sono sicuro che qualche credulone sarebbe felice di lavorare gratis, sapendo che un uomo come me si accorderebbe privatamente prima di permettere che il caso andasse in tribunale.

Clare non è come Avril. Devo mettere da parte le mie paure. Quella donna non vede l'ora di mettere le mani sul mio portafoglio o sul mio cognome, qualunque riesca ad afferrare per prima.

Mi sforzo di sorridere, guardando Clare. «Verrai con noi. Vestiti e raggiungici in auto. Due minuti.»

«Due minuti?» strilla. «Ne ho bisogno almeno di cinque.»

«Ne hai due.»

Prendo la mano di Amelia e la conduco fuori alla macchiina in attesa. Douglas è fermo sotto la tettoia, con il motore acceso. Allaccio Amelia al suo seggiolino mentre aspetto Clare, con la portiera posteriore aperta.

Indico il mio orologio mentre Clare esce di corsa dalla porta principale, con le scarpe in mano. Indossa un semplice abito nero che valorizza le sue curve ma non rivela pelle. Con l'abito, porta un cardigan color oro intenso. I suoi capelli sono un po' disordinati, ma ha una molletta tra i denti.

Sono colpito che ci abbia messo solo due minuti.

Si infila nel sedile posteriore, e io chiudo la portiera, lasciandola finire di prepararsi.

Salgo davanti con Douglas. Ha già l'itinerario che gli è stato inviato dalla mia assistente.

«Non mi aspettavo che avresti portato la tata,» dice Douglas, lanciandomi un'occhiata.

Ha altre domande, ma sta attento a cosa chiede in presenza di una giovane signorina. Amelia, ovviamente. Non sono sicuro che sarebbe così cauto davanti a Clare. Douglas è sempre stato piuttosto diretto.

«Durante il colloquio, parlerò con il preside. Sono sicuro che Amelia sarà irrequieta, e se qualcuno dell'accademia dovesse osservarci, non voglio mettere a rischio la sua iscrizione. Clare può assicurarsi che si comporti nel migliore dei modi.»

«Ti fidi della tata per assicurarti che la bambina si comporti bene? Amico, hai capito malissimo,» dice Douglas, con una risata di cuore.

«Cosa?» Lo fisso.

«I bambini di solito si comportano meglio con i genitori o le figure autoritarie. Non con la tata.»

Lancio un'occhiata alle mie spalle. «Clare la terrà a bada se vuole ancora un lavoro,» dico, assicurandomi che la tata senta la mia minaccia.

«Brontolone,» mormora Clare sottovoce.

«Cosa hai detto?» Mi rigiro sul sedile anteriore, incrociando il suo sguardo. Se stessi guidando, avrei fermato il veicolo per effetto scenico. Tuttavia, questo non ci aiuterebbe ad arrivare puntuali all'appuntamento.

«Farò del mio meglio,» dice, sforzandosi di sorridere.

«Fai *meglio* del tuo meglio.» Mi rigiro, guardando avanti. Non voglio ammettere di essere nervoso per Amelia. La mia assistente ha spiegato che dovrà sostenere un esame di ammissione per tutte e tre le accademie. Anche il denaro non può garantire un posto se fosse troppo indietro con l'istruzione. Potrei assumere un tutor, se necessario, ma non le sarebbe permesso entrare fino al prossimo autunno se non passasse l'esame.

Ha cinque anni.

Che tipo di esame dovrà mai fare?

Si aspettano che sappia leggere? Scrivere? Colorare dentro i margini?

Non so di cosa sia capace la bambina. Katelyn era responsabile della sua educazione prescolare. Sono sicuro che l'abbia iscritta a qualche tipo di programma di educazione precoce, ma potrebbero non essersi concentrati su altro che insegnarle le lettere e i numeri.

Prego che sappia almeno quello. Avrei dovuto sedermi con lei ieri e farla esercitare con le flashcard mentre Connor era con me. Del resto, non avevo capito l'entità di ciò che le avrebbero chiesto fino a tarda notte.

Quando arriviamo alla prima scuola, uno dei responsabili ci accompagna in un tour dell'istituto prima di portare Amelia in un piccolo ufficio. Chiedo a Clare di aspettare nel corridoio mentre la sottopongono all'esame.

Lei acconsente senza dire una parola, non sembrando minimamente preoccupata.

Seguo la direttrice nel suo ufficio per parlare liberamente di Amelia.

«Come abbiamo discusso al telefono con la sua assistente, signor Luxenberg, tutto dipende dai risultati del test di Amelia. Dobbiamo essere certi che possa prosperare con il nostro curriculum.» La donna si spinge gli occhiali sul naso, che sembrano scivolarle continuamente.

«Lo capisco, e voglio che sappia che se dovessi avere bisogno di procurarle un tutor, sono più che disposto a farlo per garantirle la migliore istruzione disponibile.»

«Se posso essere sincera con lei, è molto insolito che

un bambino si iscriva dopo l'inizio dell'anno scolastico.»

Nancy non aveva spiegato la situazione? «La madre di Amelia, Katelyn, è morta solo pochi giorni fa. Vivevano a Chicago. Questa situazione non è ciò che nessuno di noi si aspettava.»

«Può dirmi qualcosa sulla scuola che sua figlia frequentava? Non abbiamo ancora ricevuto alcuna documentazione del suo precedente inserimento.»

«Sono passate solo poche settimane. Non ci sono comunuqe delle pagelle per la prima parte di un semestre nel suo primo anno.»

Sospira, rendendosi conto del suo errore. «Andava in una scuola privata a Chicago?»

«Non credo, ma solo perché non ero a conoscenza della situazione.»

«Non a conoscenza? Come potrebbe non essere a conoscenza dell'iscrizione di sua figlia a una scuola se fosse stato attivamente presente nella vita di sua figlia?»

«Sua madre non mi ha mai parlato di Amelia.»

«E perché mai?» chiede. So che mi sta giudicando, pensando che non debba essere degno di iscriverla perché non sapevo nemmeno che mia figlia esistesse.

«Suppongo per la mia ricchezza e l'enorme fama che ne consegue. Katelyn non amava essere sotto i riflettori e non voleva questo per nostra figlia.»

«Ad essere onesti, signor Luxenberg, non sono sicura che la nostra scuola sia adatta a sua figlia. Ci piacciono i genitori che sono coinvolti nella loro istruzione, nella loro crescita, e che possano plasmare i valori appropriati che riteniamo rendano i nostri studenti degni di successo.

«Mi sta seriamente dicendo che mia figlia non è abbastanza buona per la sua scuola perché non sapevo che esistesse fino alla settimana scorsa?» Mi alzo, la sedia cigola contro il pavimento mentre scivola via da sotto di me. «Sa cosa, non importa. Amelia è troppo buona per la vostra accademia snob.»

Mi precipito verso la porta.

Clare siede nel corridoio con Amelia al suo fianco.

«Ce ne andiamo. Ora!» sbotto, afferrando la mano di Amelia e quasi trascinandola via sedia.

La fronte di Clare è corrugata, ma mi segue. Apro la porta mentre usciamo dall'edificio, camminando con passo deciso in silenzio.

Solo quando Amelia è nel sedile posteriore, con la cintura allacciata, Clare si siede accanto a lei e decide di parlarmi. «Che cos'è successo?»

«Niente,» dico con uno sbuffo. «Amelia non andrà in quella scuola.»

«Va bene.» Clare non fa ulteriori domande, e sono sollevato, perché quell'accademia non era adatta.

Neanche la successiva lo è, e questo mi preoccupa perché ci resta solo una scuola.

«Posso dare un suggerimento?» dice Clare, con voce dolce e calma.

«Sono sicuro che lo farai, che io voglia sentirlo o meno.»

Quei presidi pretenziosi mi hanno messo di cattivo umore. Pensavo che sarebbero stati grati per l'opportunità di costruire un nuovo laboratorio scientifico o aggiungere un'ala a una delle aule. Una donazione di un milione di dollari può andare lontano ma a quanto pare, quando tutti i genitori offrono già donazioni massicce, non sembra molto.

O forse sono solo io e non ha niente a che fare con i soldi.

Improbabile.

Non sono il signor Allegria, ma posso gestire un colloquio per mia figlia.

«E se entrassimo insieme al colloquio?»

«Cosa, come una coppia?»

Scherzo sul suo suggerimento. Non siamo una coppia.

Non riesce nemmeno a ricambiare un mio bacio. Non che avrebbe dovuto. Ieri sera ho superato il limite, sfiorando le sue labbra con le mie. Desiderarla non è altro che una fantasia proibita. Sono sicuro che sia perché è la tata. È come un frutto proibito; voglio ciò che non posso avere. O meglio, che non dovrei avere.

«No, come tu che sei suo padre e io la sua tata. Ti impedirò di fare qualsiasi cazzata hai fatto per rovinare gli ultimi due colloqui.»

«Linguaggio!» la rimprovero, non volendo che mia figlia impari nuove parolacce, specialmente prima del suo esame.

«Mi dispiace,» dice Clare, e le sue guance arrossiscono. È in imbarazzo o arrabbiata con me? Non le ho reso le cose facili negli ultimi giorni, da quando ci conosciamo.

Mi strofino la fronte, considerando il suo suggerimento, mentre Douglas si ferma davanti alla scuola. «Questa è l'ultima per oggi,» dice. «Clare ha ragione. A volte un approccio delicato può aiutare.»

«E tu pensi che questa qui sia delicata?» Indico con il pollice il sedile posteriore. Clare è tutto tranne che delicata.

Questa donna è stata una spina nel fianco dal momento in cui ci siamo conosciuti. Dovrei davvero fidarmi di lei sul fatto che il colloquio sarà un successo? E questo presuppone che Amelia passi l'esame. Nessuna delle due scuole ci ha indicato se fosse una candidata potenziale per l'iscrizione. Me n'ero andato furioso prima di ricevere i risultati.

«Penso che offra un approccio delicato,» dice Douglas. «Hai già detto che hai rovinato due colloqui. Questa è l'ultima scuola, a meno che non intenda far volare tua figlia all'asilo in jet ogni mattina.»

«Ci sto pensando,» dico.

Clare slaccia la cintura di Amelia, e scendiamo dal veicolo. Spero che Douglas abbia ragione e che Clare non rovini completamente la possibilità di mia figlia di entrare in una scuola privata.

Amelia cammina davanti a noi mentre Clare è al mio fianco. Le afferro il polso, tirandola vicino. «Non mandare tutto a puttane,» le sussurro all'orecchio, come avvertimento.

Clare solleva un sopracciglio, incuriosita. «Non sono stata io a rovinare gli ultimi due colloqui.»

Si crede così superiore a me?

Ci viene offerto un tour della scuola e della proprietà. Ogni scuola che abbiamo visto è abbastanza simile, con attrezzature per il parco giochi, laboratorio informatico, quello scientifico, aule, tutto quanto. Non ho la sensazione che una scuola privata sia significativamente diversa da un'altra.

Forse è un bene, dato che ho fatto mettere Amelia nella lista nera di due dei tre istituti.

«Benvenuti, signor e signora Luxenberg,» dice il gentiluomo, porgendoci la mano. «Sono il preside, Martin Walker.»

«Signorina Raine,» dice Clare, offrendo la sua mano. «Non siamo... sono la tata,» dice con una risata nervosa.

Sta flirtando con lui?

Il mio stomaco si contrae e le mie mani si chiudono a pugno.

«Oh, è molto insolito. Di solito non incontriamo la tata,» dice Martin.

Forzo un sorriso. «È stata una vera risorsa in questi ultimi giorni.»

Amelia viene porata da un membro del personale a fare l'ennesimo test della giornata. È un peccato che non abbia potuto fare un solo esame e portarlo con sé, ma suppongo che abbia fatto diversi esami differenti per ciascuna disciplina.

«Mi parli di Amelia,» dice il preside.

Apro la bocca, ma Clare prende il controllo dell'argomento. «È così brillante e desiderosa di imparare. Sono con Amelia solo da pochi giorni, data la situazione recente, ma ama leggere. Ogni sera, si accoccola con un libro prima di andare a letto. E passa una buona ora a leggere con suo padre.»

«Questo è positivo,» dice Martin con un cenno del capo. «E riguardo alla recente perdita di sua madre? Vi chiedo scusa se sono così diretto, ma ci serve sapere se dobbiamo aspettarci problemi comportamentali.»

Le mie guance bruciano e divento furente. Apro la bocca, ma Clare mi precede, di nuovo.

«Sono certa che possa immaginare quanto sia difficile questa situazione per una bambina così piccola. Essere sradicata e portata in una nuova città. Direi che, date le circostanze, sta andando alla grande. Certamente sta attraversando un lutto e lo farà ancora per un po', data la perdita della madre, ma Amelia non ha mostrato alcun segno di problemi comportamentali che possano destare preoccupazione.»

«Posso assicurarle, signor Walker, che ho programmato un incontro con uno psichiatra infantile per mia figlia più avanti, questa stessa settimana.»

«Come misura precauzionale,» aggiunge Clare. «Perdere la propria madre in circostanze così sfortunate ed esserne testimone può essere traumatico. Suo padre vuole prevenire eventuali problemi comportamentali prima che si manifestino.»

«Bene. Bene.» Annuisce. «Lasciatemi controllare se Amelia ha finito il suo esame. Se volete, potete attendere qui.» Martin esce dall'ufficio, chiudendo la porta e lasciandoci soli.

«È andata bene,» dice Clare, regalandomi un sorriso vittorioso.

«Davvero?» Non riesco a dirlo. Mi sento disilluso dopo che gli ultimi due colloqui mi sono esplosi in faccia.

Mi rivolge un ampio sorriso. «Ora, dobbiamo solo aspettare di vedere se Amelia è pronta a unirsi a questi pretenziosi...»

La fulmino con lo sguardo mentre la porta dell'ufficio si apre, e lei chiude il becco. Giuro che se quella donna rovina l'ultima possibilità che Amelia ha di iscriversi a una scuola privata, scatenerò l'inferno su di lei.

«Ottime notizie,» dice il signor Walker, e sono sollevato che non abbia sentito il commento di Clare entrando nella stanza. «Amelia è andata benissimo ed è pronta per l'iscrizione.»

«Ottimo. C'è un'altra cosa. La settimana prossima la porterò via da scuola per un viaggio in Europa. Devo viaggiare per lavoro e, date le recenti circostanze, sono certo che possa capire perché non vorrei lasciarla alle cure di nessun altro.»

«Nemmeno della sua tata?» dice il signor Walker, corrugando la fronte.

Sono andato troppo oltre? Forse avrei dovuto aspettare un'altra settimana prima di programmare i colloqui. Ormai è troppo tardi.

«Clare ci accompagnerà durante il viaggio. Come ho detto, credo sia nel miglior interesse della salute mentale di Amelia.»

Rimane in silenzio, pensieroso. «Non sono felice di questa situazione, e non possiamo farla iniziare questa settimana per poi ritirarla la prossima. Se vuole, possiamo avviare l'iscrizione online, e la sua tata, la signorina Clare, potrebbe aiutarla con i compiti finché non sarà tornata nel paese per iniziare la sua educazione formale.»

«Sembra perfetto,» dice Clare, porgendo la mano prima che io possa intervenire e mandare all'aria gli accordi.

Clare e Amelia escono mentre io completo gli ultimi documenti e firmo un assegno per l'iscrizione di Amelia. Una volta finito, le raggiungo.

Amelia ha scoperto le sbarre da ginnastica ed è appesa a testa in giù sulla struttura per arrampicarsi.

«Andiamo, è ora di tornare a casa.» Prendo Amelia dalla struttura e lei si lamenta. Non sono pronto per le lacrime.

«Scommetto che hai fame,» dice Clare. «Ho degli spuntini in macchina.»

Gli occhi di Amelia si illuminano, e prende la mano di Clare mentre corrono insieme verso la nostra auto. Douglas è fuori, con la schiena appoggiata al veicolo e il telefono in mano. Mette giù il telefono quando ci vede avvicinare.

«Buone notizie?» chiede, ma sono sicuro che il sorriso raggiante di Clare sia abbastanza eloquente per far capire che è andata bene.

Saliamo di nuovo in auto, e Clare mi tocca la spalla una volta che siamo di nuovo in viaggio.

Mi volto verso di lei. «Sì?»

«Cosa volevi dire con il viaggio in Europa?» chiede.

Mi era semplicemente sfuggito nel momento, mentre cercavo di risolvere il disastro che stava accadendo intorno a me.

«Ti prego, dimmi che hai un passaporto,» dico.

«Sì, ce l'ho. È nella mia borsa a casa tua.»

Tiro un sospiro di sollievo. Normalmente, ottenere un passaporto, anche con procedura accelerata, richiederebbe un paio di settimane.

«Mi porterai davvero in Europa?»

Mando un messaggio alla mia assistente per aggiungere Clare e Amelia all'itinerario di volo. Anche se ho già accennato alla mia assistente di prenotare camere comunicanti in hotel, voglio verificare che Amelia sia registrata per il volo.

Fortunatamente, anche Amelia ha un passaporto. Katelyn l'aveva portata in Australia per un viaggio esotico due estati prima, il timbro sul suo passaporto è la prova della loro avventura insieme.

Dubito che Amelia se lo ricordi, ma sono grato che entrambe le donne abbiano il passaporto e che non dovrò posticipare il viaggio.

«Parigi, se tutto va secondo i piani,» dico. «Devo avvertirti che andiamo esclusivamente per affari, non per piacere.»

Douglas mi guarda, probabilmente chiedendosi che diavolo sto facendo.

«Naturalmente,» dice Clare. «Non mi hai mai detto cosa fai per vivere.»

Suppongo di non averlo fatto. «Gestisco la Luxenberg Enterprises,» dico.

«La catena di hotel?» squittisce.

Mi volto a guardarla. «Sì. Perché?»

«Tu possiedi i Luxenberg Hotel. Anche quello di New York?»

«Affermativo.» Dove vuole arrivare?

«Oh mio Dio. Connor, tuo fratello, è lo stesso Connor che lavora al Luxenberg in città, vero?» La sua bocca rimane aperta per lo stupore.

Non capisco quale sia il problema. Lo conosce?

«Sì, è il direttore di quell'hotel specifico.» Ometto la parte in cui non gli permetto di avvicinarsi al resto del marchio. Avrei preferito che vivesse in qualche piccola cittadina sperduta e gestisse giusto quell'hotel, non uno dei più grandi del paese.

Lei sussulta e tira fuori il telefono.

«A chi stai scrivendo?» Cerco di prendere il suo telefono, ma lei lo tiene fuori dalla mia portata. Giuro che se sta pianificando di dire a un giornalista che fa da tata per me, la licenzierò più velocemente di quanto lei possa saltare da un veicolo in movimento. Perché questo è quello che vorrà fare se mi tradisse.

Scappare.

Nascondersi.

Cercare di sfuggire alla mia ira.

«Tuo fratello ha licenziato la mia migliore amica e le ha fatto commenti sessuali inappropriati.»

Fisso Clare. È la prima volta che ne sento parlare. «Non ha presentato una denuncia all'ufficio del personale,» dico. Se la donna l'avesse fatto, qualsiasi dettaglio riguardante molestie sessuali sarebbe stato indagato e discusso tra i dirigenti, me compreso.

«Come avrebbe potuto farlo dopo essere stata licenziata? Le ha detto che le avrebbe fatto mantenere il lavoro se gli avesse fatto un pompino.»

«Cos'è un pompino?» chiede Amelia.

«Cazzo,» ringhio a Clare e Amelia.

«Non è una bella parola,» dice Clare, offrendo un debole sorriso, forse rendendosi conto del suo errore e cercando di rimediare prima che il danno peggiori.

Non correggo Clare sul fatto che può essere davvero una bella parola, quando usata correttamente tra adulti consenzienti.

Ma ha ragione. Non ho bisogno che mia figlia usi quella parola quando frequenta l'asilo. Verrebbe sospesa il primo giorno. Sì, andrà proprio bene quando verrà chiamata nell'ufficio del preside per aver detto quella parola.

«Lo ammazzo,» mormoro un po' troppo forte. «Dammi il nome della ragazza che fa queste accuse.»

«Assolutamente no,» disse Clare, infilando il telefono nella borsa.

«Fammi parlare con lei,» sbotto. Perché Clare riesce a frustrarmi e irritarmi così facilmente? Sto cercando di fare una cosa buona. Vorrei sentire la versione di quella donna e aiutarla. Se è stata licenziata ingiustamente, potrei offrirle un ruolo diverso, un'altra posizione lontana dal mio fratello succhiasangue.

Connor rimarrà comunque un problema, in qualsiasi modo la si guardi, ma non posso licenziarlo. Quell'uomo non ha capacità di lavorare altrove. Ed è comunque parte della famiglia.

Anche se penso che la sua etica del lavoro e la sua morale facciano schifo. Ogni volta che mi sono presentato all'hotel, il personale mi informava che era sempre assente. Sembra che non passi più di un paio d'ore alla settimana al lavoro. Si presenta solo per riscuotere lo stipendio.

Lasciarlo rimanere nella gestione dell'hotel, però, se quello che dice Clare è vero e la sua amica ha subito molestie sessuali...n non posso semplicemente lasciar correre. Se l'ha fatto con quella ragazza, quante altre ha intimidito o, peggio, costretto?

Il mio stomaco si contorce al pensiero degli orribili scenari che mi passano per la testa.

«Dammi il suo numero.» Non è una domanda. Otterrò l'informazione da Clare, in un modo o nell'altro.

«No.» Incrocia le braccia sul petto. Il suo telefono è fuori dalla mia portata, e a meno che non riesca a prenderlo, sbloccarlo e determinare chi sia il contatto, non avrò molto successo.

«Perché no? Perché non vuoi aiutarla?» le chiedo. «Pensavo fossi sua amica.»

Douglas si ferma davanti alla casa e digita il codice per entrare nella proprietà. Per tutto il tragitto, aveva scelto di restare in silenzio. Uomo intelligente.

Nel momento in cui ferma l'auto, apro la portiera. Non aspetto nemmeno che faccia il giro per aprirmela.

Apro la portiera di Clare mentre lei aiuta Amelia a uscire dal seggiolino.

«Non ti darò il suo nome, ma le dirò che vorresti parlarle. Se sarà d'accordo, organizzerò un incontro.»

«Se...?» sbotto alla sua proposta. «Non sei il suo avvocato, Clare. Non devi proteggerla. È una donna adulta.»

«Una donna adulta che probabilmente vuole la sua privacy. Inoltre, ti ricordi quel giorno in cui ti ho detto che avrei potuto dormire sul divano della mia amica, quella che viveva con la Bratva?»

Mi schiarisco la gola, sentendomi a disagio per la piega che sta prendendo la conversazione. Apro la porta d'ingresso, facendo entrare Amelia in casa. Non ha bisogno di sentire tutto quello, ma non posso mandarla nella sala giochi per tenerla occupata. La stanza non è stata ancora allestita. Non è pronta per lei.

Accidenti, io stesso non sono ancora pronto per una bambina, ma lei è qui, e questo è reale.

Questa è la mia vita.

E non voglio avvicinarmi minimamente alla Bratva. Sono la mafia russa. Sono astuti, crudeli, spietati e uccideranno chiunque si metta sul loro cammino.

È per questo che ho colto al volo l'opportunità di portare Clare in casa mia, per proteggerla. Era una rompiscatole quando l'ho conosciuta e lo è ancora, ma non merita di stare attorno a uomini che massacrano persone innocenti e probabilmente appendono le loro teste al muro come trofei.

«Dove vuoi arrivare?» dissi a denti stretti, chiudendo la porta dietro di noi.

Douglas se ne è andato, dandoci ampia privacy, ma Amelia continua a fissarci.

«Amelia, vai di là. Clare ti ha comprato dei giocattoli nuovi ieri.» Indico la stanza dove avevo ammassato tutti i regali. Ce n'erano abbastanza da sembrare Natale per la bambina. E anche se mi sarebbe piaciuto vedere la sua sorpresa, preferisco che non assista alla nostra discussione.

Amelia saltella nella stanza che verrà designata come sala giochi dopo che avrò spostato i mobili e dipinto le pareti. Per non parlare di scartare tutti i giocattoli. Non ero sicuro che Amelia sarebbe riuscita ad aprirli tutti, ma avevo visto almeno un peluche che non era racchiuso in plastica e cartone.

Clare trascina i piedi e incrociò le braccia sul petto. «Ora, cosa dicevamo della Bratva?» sussurro rabbiosamente, afferrando Clare per il braccio e tirandola più vicino. Non voglio che Amelia senta una parola della nostra conversazione.

La tata mi fissa, il suo sguardo non vacilla. «La mia amica,» disse, attenta a non rivelare il nome o l'identità della donna, «vive con la Bratva. Il suo ragazzo è della Bratva. Beh, tecnicamente, fidanzato. Sono promessi sposi.»

«Non voglio che ti avvicini minimamente alla Bratva,» l'avverto.

«O cosa?»

«Ti licenzierò,» ringhio. «Se quella tua amica o uno qualsiasi dei suoi amici si trovano nel raggio visivo di mia figlia, rimpiangerai il giorno in cui mi hai conosciuto.»

«È una grande minaccia,» disse Clare.

Mi aspettavo quasi che mormorasse che rimpiangesse di avermi incontrato, ma fortunatamente la conversazione non finisce in quella direzione.

«E lo intendo sul serio,» dico, lasciando la presa su di lei. Le mie mani si chiudono a pugno lungo i fianchi. «Quegli uomini sono mostri, e non voglio mia figlia vicino a loro.»

«Ti prometto che sarà al sicuro.»

«Lascia che sia io a giudicarlo,» replico. Se pensava che essere amica di qualcuno associato alla Bratva fosse sicuro, avrebbe dovuto ricredersi.

Si sbagliava di grosso.

CAPITOLO 7

Clare

Vorrei tanto evitare lo sguardo infuocato di Levi, ma è impossibile. Abbiamo entrambi concordato di rimandare la discussione sulla mia amica Sadie. Non che gli abbia rivelato il suo nome.

Mi assicuro anche di cancellare i messaggi che mi ha inviato quando mi ha chiesto di incontrarci per un drink, diversi mesi fa.

Non è che non mi fidi di Levi, che rispetti i miei confini e lasci stare il mio telefono, ma, insomma, non lo conosco così bene.

E dopo essere stata sposata con un uomo che prendeva il mio telefono e inseriva il mio codice, che era il mio compleanno, per vedere i miei messaggi e le mie foto senza il mio permesso, faccio fatica a fidarmi delle persone.

Vorrei fidarmi di Levi, ma siamo stati su un terreno instabile fin dall'inizio. Colpa mia. Mi sono guadagnata giustamente il nome di Ragazza dell'Aereo, e sono fortunata che non sia stato qualcosa di più duro. Mi meritavo la sua rabbia, invece mi ha permesso di entrare in casa sua.

Ancora non riesco a capire come sono finita qui, a lavorare per un miliardario e la sua meravigliosa bambina.

Siamo qui solo da pochi giorni, eppure mi sento stranamente a casa.

Il pomeriggio seguente, Amelia aiuta a scegliere la vernice per la sala giochi. Levi e Douglas spostano i mobili, alcuni dei quali vengono portati fuori dalla stanza. Copro quelli rimasti con teli protettivi prima di aprire la vernice.

Petalo Perpetuo. Questo è il colore che Amelia ha

scelto per la sala giochi, una tonalità di rosa molto brillante e vivace.

Pensavo che Levi avrebbe avuto un attacco e avrebbe insistito che qualsiasi altro colore tranne il rosa sarebbe stato accettabile. Invece, ha comprato una latta, un set di pennelli e rulli.

Non ho una vecchia maglietta logora, così Levi me ne ha prestata una sua. Ci sono alcuni buchi nelle maniche. È morbida, ovviamente molto usata, ed è intrisa del suo profumo unico. L'aroma maschile mi solletica il naso, e cerco di non inspirare a pieni polmoni, ma il mio corpo risponde a quell'odore come una leonessa in calore.

Perché devo sentirmi attratta dal mio capo, il burbero dei burberi? Il signor Ladro di Mutandine in persona?

Cosa non darei per una serata libera con le amiche. Tuttavia, ha chiarito che Sadie è off-limits. La conosce solo perché ho lasciato trapelare la notizia che vive con la Bratva.

Forse non è stato del tutto un incidente. È stato lunatico e scontroso.

Come sarebbe avere quell'energia che mi circonda e mi protegge?

Sospiro. Non è qualcosa a cui dovrei pensare. È il mio capo.

«Che c'è?» chiede Levi. Deve aver sentito il mio sospiro, perché non ho detto nulla. Continuo a dipingere il muro con il rullo, cercando di finire la stanza velocemente. Non è che non mi piaccia dipingere, ma l'odore è forte, e dubito che faccia bene ad Amelia.

«Niente,» rispondo con noncuranza. Non gli dirò cosa mi passa per la testa: come suscita sentimenti e desideri che sono rimasti addormentati da prima che mi sposassi.

«Non è *niente*,» dice lui. Il suo pennello mi colpisce sul sedere.

«Ehi!» strillo.

Levi ridacchia. «Che c'è? Non ti piace un po' di colore sulle chiappe?»

La mia bocca si spalanca. Sua figlia è nella stanza!

«Levi!» esclamo, sgranando gli occhi.

Amelia è ignara di tutto, però. Continua a dipingere il muro, le pennellate selvagge e spensierate. Non le ha dato molta vernice, comunque, quindi almeno non gocciola. Dovremo ripassare l'area che dipinge con il rullo.

«Rilassati,» dice, e si avvicina.

Tremo involontariamente, sperando che non sappia l'effetto che ha su di me.

«Hai macchiato la mia maglietta,» dico, fingendomi offesa.

«*La mia* maglietta,» ringhia, e si avvicina ancora.

Posso quasi assaporarlo. Le sue labbra sono vicine alle mie. Tecnicamente è la sua maglietta, ma la indosso io. «Ora è mia,» dico con un sorriso sfacciato.

Scuote la testa, mi afferra e dà una sculacciata, la sua mano finisce nella vernice bagnata. «Sei un'insolente. Lo sai?»

Rido, sorpresa dal colpo sul mio sedere. Non me l'aspettavo da lui. Il pennello era una cosa, ma la sua mano invia brividi in tutto il mio corpo.

«Cosa ti aspettavi?»

Alzo le spalle, come se non mi importasse. Cerco di nascondere un sorriso, distogliendo lo sguardo, voltandogli le spalle. Tuttavia, non riesco a cancellarlo dal mio volto nemmeno mentre cerco di pensare a qualsiasi altra cosa.

«Mi aspetto che la tata mi obbedisca.» Mi tira contro di lui.

Sobbalzo quando il suo membro mi urta. Allungo il braccio dietro di me, avendo bisogno di una prova che ciò che sto sentendo non sia il manico del pennello ma effettivamente quello che penso.

«Donna,» grugnisce, cercando di controllarsi. «Giuro che se continui...»

«Cosa farai?» Mi giro per affrontarlo, guardando nel suo sguardo acceso e oscurato. Aspetto la sua minaccia.

Abbassa lo sguardo sulla mia bocca, i suoi occhi pesanti, ma non si avvicina.

Non mi bacia come vorrei facesse. Forse dovrei alzarmi in punta di piedi e mostrargli cosa voglio.

Ma nel momento in cui comincio a sollevarmi sulle punte, si tira indietro, allontanandosi.

«Finisco io. Porta Amelia a farsi la doccia e a prepararsi per cena.»

«Sei sicuro? Posso continuare ad aiutarti.»

«Hai fatto abbastanza,» mi ringhia.

Perché è così maledettamente scorbutico?

Senza dire un'altra parola, lascio cadere il rullo con grazia nella vaschetta e prendo il pennello di Amelia, mettendolo insieme al mio prima di dirigerci verso le scale.

Porto Amelia su per le scale, non volendo che lasci tracce di vernice sul pavimento, sulla ringhiera o sulle pareti. Almeno, dove posso evitarlo.

Si spoglia in bagno, e io faccio partire la doccia, aspettando che la temperatura salga prima che lei entri nella cabina.

L'aiuto a strofinarsi via la vernice, usando sapone extra per togliere il rosa acceso dai capelli, dalla pelle e praticamente da ogni parte immaginabile.

Per aver usato un pennello così piccolo, Amelia sembra avere addosso più vernice di quanta ne avesse nella sua vaschetta.

«È stato divertente.» Amelia mi guarda radiosa, con il sorriso più largo che abbia mai visto.

Non dovrei sorprendermi che le sia piaciuto dipingere. La bambina probabilmente ama tutto ciò che comporta sporcarsi. Dopo averla pulita, la mando nella sua camera a giocare tranquilla mentre salto in doccia e strofino via la vernice dal mio corpo.

Ci vuole più tempo. La vernice si è asciugata ancora di più in tutto il tempo in cui ho fatto la doccia ad Amelia. Strofino via i residui, la maggior parte sulle mani, un po' sulle punte dei capelli. La maglietta che Levi mi ha prestato è spacciata, ma è colpa sua. Almeno i miei pantaloncini di jeans sono in qualche modo sopravvissuti all'assalto della vernice, visto che la sua camicia copriva il tessuto.

Finisco la doccia e chiudo l'acqua. Aprendo la porta di vetro, borbotto quando vedo che non ci sono asciugamani puliti in bagno. Ho usato l'ultimo per Amelia.

«Levi!» grido, ma non viene.

Sarà occupato a dipingere, o forse mi sta ignorando. Che diavolo gli è preso oggi?

Spremo l'umidità in eccesso dai capelli prima di socchiudere la porta del bagno. Mi dirigo a tutta velocità verso la lavanderia quando sento i passi di Levi che salgono le scale.

Merda.

Mi affretto verso la lavanderia e sbatto la porta, esalando un sospiro di sollievo.

Eccetto che ora ho gli asciugamani, ma i miei vestiti sono ancora in bagno.

Giuro che sono la persona più sfortunata del mondo.

Apro l'asciugatrice per prendere un asciugamano quando la porta della lavanderia si apre. La richiudo con un calcio.

«Clare, che diavolo sta succedendo?»

«Mi serve un asciugamano,» dico, strappandone uno dal bucato pulito. Me lo avvolgo frettolosamente intorno. Se fossi venti chili più leggera, potrebbe coprirmi il corpo, forse. Sembra che quell'uomo abbia comprato asciugamani adatti solo alla sua principessina.

Non che sapesse di essere padre prima di questa settimana.

Afferro un secondo asciugamano, usandolo per finire di coprire il mio addome, sospettando che lui sia ancora in piedi dall'altra parte della porta.

Una volta coperta, ma non esattamente vestita, apro la porta della lavanderia. Levi è in piedi dall'altro lato. È ancora coperto di vernice, ma non indossa una maglietta.

«Stavo solo per buttare questa nel bucato,» dice, appallottolando la sua maglietta. «Dovrei prendere anche i vestiti che avevi tu. Sono ancora in bagno?»

Prima che io possa rispondere, si gira e si dirige verso il bagno, prendendo i miei vestiti sporchi insieme a quelli di Amelia, che sono ammucchiati sul pavimento.

In cima ci sono le mie mutandine, lo stesso paio di raso rosso che aveva infilato nella sua tasca solo pochi giorni fa.

L'imbarazzo mi brucia le guance. Non è che non sappia che indosso mutandine e reggiseno, ma vederlo con la mia biancheria mi mette a disagio. Del resto, però, non si tratta nemmeno di cose minuscole e succinte.

«Non buttare le mie mutandine e il reggiseno con la roba piena di vernice,» dico e poi ci ripenso. Strappo la mia biancheria dalla cima del mucchio.

«So come fare il bucato.»

«Certo, sei il Ladro di Mutandine.»

Lui geme e si avvicina, invadendo il mio spazio personale, mentre blocca la porta. Indosso due asciugamani per impedire che il mio corpo sia esposto, e lui è mezzo svestito.

Mi mordo il labbro inferiore.

Non mi ecciterò per il mio capo.

Recito questo mantra silenzioso nella mia testa. Funziona?

No, ma almeno mi tiene distratta.

Levi mi fissa, più a lungo di quanto dovrebbe, prima di sporgersi, e le sue labbra mi sfiorano l'orecchio.

I miei occhi si chiudono involontariamente, e cerco di non tremare. «Mi piace il rosso. Spero che tu le abbia indossate per me.»

L'aria viene risucchiata dai miei polmoni, e Levi si gira, portando i vestiti sporchi con sé nella lavanderia, lasciandomi lì, stupefatta, con le gambe tremanti. Perché ha la capacità di farmi sentire come se fossi di nuovo vergine?

————

Non vedo Levi per i successivi quattro giorni. E sembrano lunghi ed estenuanti. Non c'è flirt, né il chiedersi continuamente il significato di ogni cosa che uno di noi dice.

Si è rinchiuso nel suo ufficio al lavoro e si è reso indisponibile per Amelia e me.

Ho fatto qualcosa di sbagliato?

È qualcosa che ho detto? O forse che non ho detto?

Gli piaccio. Cioè, credo almeno. Flirta con me. Questo è certo. Ma io non sono brava a flirtare, e non sempre abbocco all'esca. Forse ha deciso che ne ha abbastanza e vuole mantenere il rapporto strettamente professionale.

Non lo biasimerei. Cavolo, è probabilmente la cosa migliore, anche se non è necessariamente ciò che voglio.

Voglio lui.

Lo desidero, il suo corpo, il suo tocco, il profumo che mi avvolge. Dopo aver passato il pomeriggio a dipingere con indosso la sua maglietta, persino dopo la doccia, riuscivo ancora a sentire il suo odore.

È passata più di una settimana da quando ci siamo conosciuti. Esattamente otto giorni, e non mi ha ancora licenziata o cacciata via. Lo considero un progresso.

Levi, inoltre, non ha ancora menzionato se sia interessato a fare colloqui e assumere una tata diversa o se ho superato il periodo di prova. Suppongo che aspetterà fino a dopo il nostro ritorno dal viaggio in Europa.

Il mio telefono squilla e lo afferro, aspettandomi un messaggio di Levi che ci chiede come stiamo.

È il mio ex marito, Zander.

Non c'è alcun messaggio, solo una foto di nastro adesivo.

«Ma che diavolo...?» mormoro tra me e me. C'è qualcosa di seriamente sbagliato in quell'uomo. Sono contenta di essere finalmente scappata da lui. Ancora non riesco a credere che mi ci siano voluti sei anni. È tempo che non riavrò mai più indietro.

Temo i messaggi che arrivano da Zander, a differenza di quelli che ricevo da Levi.

Mentre Levi è al lavoro, manda messaggi con aggiornamenti, chiedendo come sta Amelia, se sta mangiando abbastanza durante i pasti, quel genere di cose. È dolce, ed è chiaro che tiene a sua figlia.

È ancora al lavoro. La casa è silenziosa.

Amelia è di sotto a divertirsi con i suoi giocattoli mentre io preparo i suoi vestiti per il viaggio. Apro la porta della camera di Levi. È come rompere il sigillo dell'Arca dell'Alleanza. Non dovrei entrare nella sua camera da letto.

Ma mi ha dato istruzioni di farlo via messaggio.

Prendo la sua valigia dalla sua camera e la trascino nella stanza di Amelia. La appoggio sul pavimento e la apro con la zip, sollevando il coperchio. Ha parecchio spazio, e la valigia ha un divisorio, con un lato completamente vuoto.

L'intera valigia profuma di Levi, inebriante con note boschive, cuoio e cento percento maschio alfa.

Assorbo quel profumo, il mio corpo formicolante e in fiamme.

Non essere vicina a Levi non ha minimamente diminuito i miei desideri.

Aprendo il cassettone di Amelia, prendo i vestiti nuovi che Douglas ha acquistato. Sono stupita da quanto tutto le stia bene. Piego diversi completi insieme ad alcuni extra e metto il suo unicorno prima di chiudere la valigia con la zip.

Mi ha chiesto di mandargli un messaggio quando avessi finito, e lo faccio.

Bene, mi risponde. *Vai in garage. Apri la portiera posteriore del pickup. C'è una sorpresa per te.*

Non so che tipo di sorpresa possa esserci.

Infilo il telefono nella tasca posteriore dei jeans e scendo al piano di sotto. Levi è ancora a diverse ore dalla fine del lavoro. Douglas passerà a prenderci e faremo una deviazione all'ufficio per prendere Levi prima del nostro volo per Parigi.

Sono entusiasta di viaggiare in Europa. Non ci sono mai stata. Specialmente volando con un jet privato. Mi affretto verso il garage. Ha diverse auto ma solo un pickup, il che rende facile almeno individuare il veicolo giusto.

Apro la portiera posteriore e all'interno c'è una valigia nuova di zecca, rosa, con coperchio rigido. È della stessa dimensione di quella che Amelia ha distrutto.

Prendo la valigia e la porto in casa, trascinandola su per le scale.

Grazie, gli rispondo prima di preparare i miei vestiti per il viaggio. Mi chiedo se dovrei portare il mio vibratore o no. Quando avrò la privacy per usarlo? Se condivido la stanza con Amelia, è fuori discussione. Ma potrei portarlo in bagno. Dovrebbe essere impermeabile.

Infilo l'oggetto nella mia borsetta.

Speriamo che l'hotel abbia un ventilatore da bagno decente per coprire il rumore. Chiudo la valigia con la zip e porto la mia borsa giù all'ingresso, entrambi i bagagli pronti per quando arriverà Douglas.

«Orsetta Clare,» cinguetta Amelia, saltellando fuori dalla sala giochi. Indossa un mantello rosa brillante con il tutù coordinato.

«Ehi.» Mi piego per prenderla in un abbraccio.

«Indovina chi è il mio personaggio preferito dei fumetti. Supergirl!» proclama, e allarga le braccia per volare. «Mi fai volare in giro? Per favore.»

Almeno non mi chiama più Ragazza dell'Aeroplano. Sono sicura che suo padre penserà a qualche cattivo soprannome per me mentre siamo in viaggio insieme.

Il mio telefono vibra, e la faccio volare per un secondo prima di rimetterla con i piedi saldamente a terra. Prendo il telefono dalla tasca posteriore. È Levi con un altro messaggio.

Ho i nostri passaporti. Porta il tuo.

Controllo due volte la mia borsetta per assicurarmi di avere il passaporto.

Fatto, scrivo.

Tablet per i compiti?

Accidenti. Mi precipito nell'ufficio improvvisato dove Amelia ha studiato. Afferro l'iPad dal tavolo insieme alla tastiera Bluetooth e le cuffie. Infilo tutto nella mia borsa.

Fatto.

Te lo saresti dimenticata.

Non rispondo al suo messaggio. È un'accusa, e poi non l'ho dimenticato, solo che lui me lo ha ricordato prima che lo facessi io. Amelia passa le mattine a fare scuola e a mezzogiorno ha già finito la giornata.

Nel giro di un'ora, Douglas arriva davanti a casa. Levi mi manda un messaggio per avvisarmi che è arrivato.

Douglas carica i nostri bagagli mentre allaccio la cintura ad Amelia sul sedile posteriore, accomodandomi accanto a lei.

«Ha tutto, signorina?»

«Lo spero,» rispondo.

«Passaporti?»

«Ho il mio. Levi ha detto che aveva con sé quello suo e quello di Amelia.»

Ci allontaniamo dalla casa e Douglas ci porta in città dove lavora Levi. Ho visto l'hotel che possiede a New York, ma non so dove si trovi la sede della Luxenberg Enterprises. L'edificio si erge alto, imponente tra altri grattacieli. Possiedono l'intero edificio o solo alcuni piani?

Aspettiamo fuori nella zona di carico quando Levi sale sul sedile anteriore.

«Hai i passaporti, signore?» chiede Douglas, assicurandosi che siamo pronti per il volo.

Levi si tocca la tasca interna della giacca. «Quello di Amelia e il mio.» Si volta a guardarmi da sopra la spalla.

«Il mio passaporto è nella borsa. Ho controllato due o tre volte.»

«Bene.»

Douglas ci conduce velocemente verso il campo di aviazione più vicino, dove si trova il jet privato di Levi.

È già rifornito e ci sta aspettando.

Douglas prende le nostre valigie e le porta verso l'aereo, assicurandosi che abbiamo tutto mentre slaccio Amelia dal suo seggiolino.

«Ci servirà il seggiolino per l'aereo?» chiedo, indicando il veicolo.

«Starà bene per un paio d'ore durante il volo. Ne ho uno che ci aspetta quando arriveremo a Parigi.» Levi tende le braccia per prendere Amelia. La porta su per le scale ed entra nel jet privato.

Lo seguo, osservando tutto attentamente.

È elegante, spazioso per un aereo così piccolo, e sembra super comodo rispetto ai voli in classe economica. È persino più bello della prima classe, che per me è stata un'esperienza unica nella vita.

Saliamo sull'aereo. Levi allaccia Amelia a un sedile e si siede in quello più vicino accanto a lei.

Io scelgo di sedermi nella fila dietro di loro.

Amelia si gira, la sua poltrona ruota verso di me. Ridacchia, eccitata. «È divertente!»

«Devi stare rivolta in avanti quando decolliamo,» dice Levi, riportando il suo sedile nella posizione originale e bloccandolo.

«Sei un puzzolone,» dice Amelia, facendo la linguaccia a suo padre.

Levi si gira e rivolge la sua attenzione verso di me. «Le hai insegnato tu questo?»

Rido sotto i baffi. «No, ma ha ragione.»

«Ah, davvero?»

Continuo a sperare che flirterà con me. Che torneremo ai battibecchi provocanti e innegabili che c'erano tra noi, quando la tensione sessuale diventava così densa da poterla tagliare. Non sono mai stata interessata ai giochetti con i coltelli, ma per quell'uomo farei qualsiasi cosa.

Reprimo subito quel pensiero.

Lo sguardo attento di Levi non abbandona mai il mio. «Non ti ho mai vista così silenziosa, *Ragazza dell'Aereo*.»

«Davvero? Sicuro di fare questo gioco?» chiedo. Mi sono trattenuta dal chiamarlo Ladro di Mutandine davanti a sua figlia, ma forse dovrò alzare il tiro.

La tensione sembra scivolare via dalle sue spalle mentre si avvicina lentamente. Le sue mani si posano sul bracciolo, intrappolandomi nel mio posto mentre l'equipaggio si dirige verso la cabina.

«Dov'è l'iPad di Amelia?» chiede, il suo respiro che quasi stuzzica il mio.

«Nella mia borsa,» rispondo prima di pensare a cos'altro c'è lì dentro. Indico la borsa sul pavimento.

La parte superiore ha un solo bottone a pressione, ed è già aperta. Infila la mano nella borsa per prendere l'iPad.

«Clare, cos'è questo?» chiede. Il suo pugno è avvolto attorno all'asta del mio vibratore. L'ha preso, ma non lo ha estratto dalla borsa, rendendolo visibile a me ma a nessun altro.

«Cosa ti sembra?» Allontano la sua mano con uno schiaffo e afferro il tablet dalla mia borsa spingendoglielo contro. «Questo è quello che stavi cercando.»

L'aereo è soffocante, e l'equipaggio di volo chiude la porta per prepararsi alla partenza.

Levi prende posto accanto a sua figlia e mi guarda da sopra la spalla. «Non devi vergognarti.»

«Tu non devi mai più tirare fuori l'argomento. Questa conversazione è finita,» dico. Preferirei morire di vergogna piuttosto che discutere del mio vibratore con lui.

Avrei dovuto metterlo nella valigia, fuori dalla vista, dove non l'avrebbe mai trovato.

Dopo il decollo, Amelia si mette a guardare un video sul tablet mentre Levi si alza e si stiracchia. Siamo a quota di crociera e abbiamo diverse ore di volo davanti.

Dovrei fingere di dormire.

«Vuoi qualcosa da bere?» chiede Levi, aprendo il mini frigo.

«Qualsiasi cosa forte,» rispondo.

Tira fuori una mezza dozzina di opzioni di bottigliette di alcolici e me le mostra. «Cosa preferisci?»

Anche se so che bere non cancellerà gli ultimi venti minuti della mia umiliazione, almeno posso ubriacarmi un po' e cercare di dimenticarmene.

Afferro il rum e la vodka, e continuo a cercare di prendere il resto delle bottiglie dalle sue mani quando lui si rende conto che le voglio tutte.

«Non ti ubriacherai, Clare. Scegline una.»

«Non sono una bambina, e abbiamo diverse ore prima di atterrare.»

«Se fossi una bambina, berresti succo di mela,» dice.

Apro prima la bottiglia di rum, e Levi mi strappa la vodka dalle mani.

Sollevo la bottiglietta e bevo tutto d'un fiato, svuotandola in pochi secondi.

«Sei cattivo.» Slaccio la cintura e mi alzo, cercando un cestino dove gettare la bottiglia vuota.

«Dove stai andando? Ti unisci al club dell'alta quota da sola? Di solito coinvolge due persone, raggio di sole.»

«Perché sei così burbero?» mormoro, passandogli accanto. Non riesco ad allontanarmi abbastanza da lui.

Prende un succo di frutta dal frigo per Amelia e mi osserva, bloccandomi l'accesso al mio posto. Potrei nascondermi in bagno, ma a cosa servirebbe?

«Sei ancora in servizio,» dice Levi.

«Non è che possa andare da qualche parte, e lei è occupata a guardare un film.» Indico Amelia. È girata nella direzione opposta e, per fortuna, indossa un paio di cuffie e non può sentirci litigare.

Levi borbotta, ma non riesco a sentire cosa dice.

«Dio, hai bisogno di fare sesso,» mormoro, abbastanza forte perché mi senta.

«Come scusa?» Gira di scatto la testa verso di me.

«Mi hai sentito. Sei così burbero. Immagino sia perché sei abituato a portarti donne a casa e non l'hai fatto nell'ultima settimana. È così, vero? Hai bisogno di fare sesso, e siccome non puoi, rendi la vita miserabile per tutti gli altri.» Mi fissa. Mi copro la bocca con la mano. Non posso credere di avergli detto questo in faccia.

«Chi sarebbero tutti gli altri?» chiede Levi. «Tu?»

«Mi dispiace,» dico, rapida a scusarmi.

«No, non è vero. Pensavi ogni singola parola.» Si avvicina minaccioso, e io faccio un passo indietro. «L'unica donna che mi fa diventare burbero sei tu.»

«Io?» squittisco. «Cosa ho fatto?»

Mi sono presa cura di sua figlia e sono stata una brava tata.

«Attraversare il corridoio indossando solo un asciugamano. Vederti in quel reggiseno la prima sera,» ringhia, e si avvicina ancora, invadendo il mio spazio personale. «Donna, se non vuoi avere niente a che fare con me, dovresti dirlo chiaramente.»

Le mie labbra si schiudono. «Ho bisogno di questo lavoro,» sussurro. Non ho nemmeno visto il mio assegno, in verità. Il miliardario ha mantenuto la parola che avrei avuto vitto e alloggio. Questo è tutto ciò che mi ha dato, quello e sogni sudati di notte, rendendomi irrequieta e nervosa.

«Non ti sto licenziando,» dice Levi, con calma. «Non sono nemmeno interessato ad altre tate. Sei brava con Amelia.»

«Mi piace molto,» dico. È suo padre che mi fa sentire completamente confusa dentro.

Lui allunga la mano, le sue dita si intrecciano nei miei capelli mentre ne afferra una ciocca e porta le mie labbra verso le sue. Mi inclina il mento, costringendomi a guardare nei suoi occhi ardenti.

«E io?» chiede Levi.

Le mie labbra si schiudono, e sono già senza fiato. «Mi agiti dentro. Lo odio,» sussurro, guardandolo.

«Lo odi?» Sembra coglierlo di sorpresa. Allenta la presa su di me.

«Odio il modo in cui mi fai sentire come se stessi perdendo il controllo di me stessa e dei miei sensi. Non riesco a dormire senza sognarti. Non riesco a respirare senza inalare il tuo profumo inebriante. Sei ovunque, anche quando sei al lavoro e non ti vedo.»

«Provo esattamente la stessa cosa. È per questo che sono stato in ufficio negli ultimi giorni,» dice Levi.

«Ma sono la tata di tua figlia. Non possiamo agire seguendo questi impulsi,» dico. Anche se lo desidero più di chiunque altro abbia mai desiderato, non posso rischiare di rovinare la loro nuova dinamica familiare.

Levi ringhia. «Perché no?»

«Come ho detto prima, sono la tua tata.»

«Sei la tata di Amelia,» precisa Levi, «non la mia. E come tuo capo, ti do il permesso di esplorare i tuoi sentimenti per me.»

Scoppio a ridere. «Non credo funzioni così.»

«Perché no? Non lavori per un'agenzia di tate, Clare. Lavori per me. E ad essere onesto, non sono stato particolarmente giusto con te.»

«Aspetta, intendi che non avermi dato un asciugamano dopo che tua figlia mi ha inzuppata la prima sera non è stato giusto?» lo prendo in giro.

Levi abbozza un sorriso ironico. «Non era quello a cui pensavo, ma cavolo, sono contento che l'abbia fatto. Anche se la prossima volta, penso proprio che dovremmo fare la doccia insieme.»

Gli sorrido, con il cuore che mi batte forte nel petto. «In qualche modo, penso che saresti tu quello che si prenderebbe tutta l'acqua.»

«So come condividere,» dice Levi. Le sue mani mi avvolgono la vita, tirandomi stretta contro di lui. «Potrei dover investire in un soffione doppio.»

Trattengo un respiro nervoso. Alzandomi in punta di piedi, sfioro le sue labbra con le mie. Questa volta, lo bacio io per prima. Sono pronta. Le nostre labbra si scontrano, e lui mi succhia il labbro inferiore, tirandolo tra i denti.

«Desideravo farlo fin da quando ci siamo conosciuti.»

«Bugiardo.» Non abbiamo sicuramente avuto un buon inizio.

«Okay, forse la prima notte, quando eri in reggiseno.» Levi sorride.

Gli do un colpetto sul braccio. «*Signor Ladro di Mutandine*, sei tu l'unico responsabile di quel pasticcio.»

Alza un sopracciglio verso di me. «Davvero? Siamo ancora ai soprannomi infantili, *Ragazza dell'Aereo*?»

Alzo le spalle, fingendo di non essere infastidita dal soprannome che mi ha affibbiato, dato che è chiaro che a lui non piaccia essere chiamato Ladro di Mutandine.

«Sai, Clare...» Si china, sfiorandomi l'orecchio con le labbra. «È passato un po' di tempo dall'ultima volta che ne ho rubato un paio. Sono terribilmente arrugginito in quel settore.»

Mi piego in due dalle risate. «Sei arrugginito in *quel* settore, cioè...» Abbasso lo sguardo e indico il suo membro.

«Dio, no! Intendevo il furto. È passato un po' di tempo da quando ne ho rubato un paio. *Non* sono arrugginito con il mio cazzo,» ringhia, e giuro che sta per mordermi per aver detto una cosa del genere. «So perfettamente come usarlo.»

«Immagino, masturbandoti sotto la doccia...» Lo sto provocando, curiosa di conoscere i suoi limiti. Fino a che punto lascerà andare questo battibecco tra noi?

«Non hai prove di questo. D'altra parte, qualcuno ha portato il suo fidato vibratore in un viaggio di lavoro,» sussurra Levi, inchiodandomi con lo sguardo.

E penso di essere morta.

Non bastava che avesse la mano avvolta attorno all'oggetto prima, quando l'ha scoperto, ma doveva pure tirarlo fuori di nuovo. «È solo uno strumento per alleviare lo stress,» dico.

Sbuffa, poco convinto.

«Giuro, lo uso solo quando ho le spalle e il collo tesi.»

«Ha la forma di un cazzo.» Levi alza un sopracciglio. «Sei una pessima bugiarda, *Ragazza dell'Aereo*.»

«Preferiresti che ti dicessi che lo faccio scivolare tra le mie cosce di notte e gemo il tuo nome?»

Si muove nervosamente. È sudore quello che gli brilla sulla fronte? «Donna, cosa non mi fai...»

«Sì?» Sorrido, spostando lo sguardo lungo il suo corpo. Indossa un completo costoso. L'uomo deve avere caldo. «Puoi toglierti la giacca. È un volo lungo.»

Non è la sola cosa che probabilmente vorrebbe togliersi, ma non sto per suggerirgli di abbassarsi i pantaloni con sua figlia a pochi passi da noi. Per fortuna, è ancora girata dall'altra parte e assorta nel suo film.

Allenta la cravatta, ma i suoi occhi non lasciano mai i miei. Mi sta osservando. Sta cercando di valutare la mia reazione? Deglutisco, con la bocca secca, e la mia lingua scorre sulle labbra.

«Potrei bere qualcos'altro,» dico con voce roca, e lo supero per raggiungere il frigorifero.

Levi mi afferra il braccio, tirandomi indietro contro di lui. «Il caldo è troppo per te?» mi chiede.

Ero io quella in controllo, quella che stava flirtando. Maledetto!

«Stavo andando a prendere da bere per entrambi.» Mi schiarisco la gola, cercando disperatamente di sembrare convincente. «Voglio dire, sembri assetato.»

I suoi occhi brillano, e il suo sguardo scende lentamente lungo il mio corpo, come se stesse assorbendo ogni dettaglio, immaginando ogni centimetro di me nuda. O forse sta ricordando come apparivo in reggiseno o con gli asciugamani stretti al corpo.

«Sei sempre così provocante?» chiede Levi. Si toglie la giacca, appendendola su una delle poltrone di pelle vuote, e si arrotola le maniche.

«Sei tu quello che si spoglia in aereo.»

Levi sorride compiaciuto e alza gli occhi al cielo. Emette un respiro pesante e mi tira più vicino, più stretta a lui. Il suo membro preme contro le mie cosce. È inconfondibile, ed è enorme. «Lo senti?» dice, sapendo senza dubbio che è premuto contro di me.

Le mie labbra si socchiudono, e non riesco a formulare un pensiero coerente.

Annuisco lentamente, annaspando in cerca d'aria.

Lui appare compiaciuto, orgoglioso, e come se avesse appena vinto e fosse pronto per la sua danza della vittoria. «Quando è stata l'ultima volta che hai fatto sesso, micetta?»

«Micetta?»

L'aereo è decisamente diventato più caldo.

Sto arrossendo?

Che fine ha fatto il suo soprannome Ragazza dell'Aereo? Quello almeno mostrava la sua scontrosità, ma ora questo suo lato sexy mi fa formicolare dentro, e sto tremando tra le sue braccia.

Ed è inevitabile: sono intrappolata in un aereo con il mio sexy capo miliardario.

Maledetto!

«Non hai risposto alla mia domanda.» Mi fissa, quasi come se stesse guardando dritto nella mia anima. Con una mano, mi sposta alcuni ciuffi di capelli dal viso. L'altra mano è agganciata al mio fianco, provocandomi, sfiorando il bordo tra la mia camicia e i pantaloni.

Mi inclino verso il suo tocco.

«Alcuni... mesi fa,» sussurro, e prego che non stia per prendermi in giro. Non mi piaceva nemmeno fare sesso con mio marito. Era una corvée, come un dovere coniugale per le occasioni speciali. «Quando ero sposata.»

Era *così* scarso a letto che volevo che finisse il prima possibile.

«Una ragazza che non ha paura di impegnarsi. Mi piace,» dice, e si china, avvicinandosi alle mie labbra. «Stai tremando.»

Odio che lo abbia notato, che possa farmi girare la testa e rendere il mio corpo debole e incontrollabile.

«Non è vero,» dico, e mi schiarisco la gola, cercando di sembrare convincente, ma è ovvio che sono nervosa. Perché lui non lo è? Lo fa con tutte le ragazze che lavorano per lui?

Mi tira con sé a sedermi su uno dei sedili, tenendomi in grembo.

È strano, essere seduta in grembo al mio capo sul suo jet privato. Mi mordo il labbro.

«Mi piaci, Clare, molto.» È calmo, molto più calmo di quanto mi senta io. «Ma se non sei pronta o non vuoi, non ti forzerei mai.»

È questo che pensa?

Ingoio le mie paure e afferro i risvolti della sua camicia, schiacciando le mie labbra sulle sue. Voglio baciarlo. Desidero sicuramente ogni centimetro di lui. Solo che, di solito, non sono brava a fare la prima mossa, o anche la seconda, se è per quello. Mi blocco. Vado nel panico. I miei nervi mi tradiscono e tendono a rovinare tutto.

Ci vuole un secondo perché il suo cervello registri che lo sto baciando, perché non ricambia subito il bacio. Sussulto e comincio ad allontanarmi, ma la sua presa su di me si stringe.

Le sue labbra avvolgono le mie, dure e calde, cercando l'accesso con la lingua mentre la fa scorrere sui miei denti, desideroso di entrare. Ho la sensazione che non sia l'unica cosa che vuole avere dentro di me.

Gemo per l'intensità del bacio, e il mio stomaco palpita, pieno di farfalle.

È tutto e più di quanto abbia mai sognato. E per la prima volta, non m'importa di essere la tata, e questo non è qualcosa che una brava tata farebbe.

Al diavolo le regole.

Fanculo i limiti.

Le linee sono fatte per essere superate.

CAPITOLO 8

Levi

Accidenti, baciare Clare è come essere in paradiso. Sapevo che sarebbe stato bello, ma non avevo capito quanto sarebbe stato incredibile finché non abbiamo iniziato, e non voglio lasciarla andare.

Il suo corpo caldo è sul mio grembo, le mie dita le accarezzano il fianco, stuzzicando la sua pelle, toccandola.

Desidero di più, ma mia figlia è a pochi passi da noi, e non posso permettere che ci sorprenda a baciarci così.

Farebbe domande, e non sono pronto a rispondere a una bambina di cinque anni.

Ha già avuto il discorso su "da dove vengono i bambini"? Non è una cosa che voglio affrontare ora... o forse mai.

I fianchi di Clare ondeggiano contro i miei, i nostri baci sono appassionati e interminabili. Le mie dita si intrecciano nei suoi capelli, lasciando intanto quasi dei lividi sulle sue labbra.

Voglio marchiarla.

Rivendicarla.

Far sapere al mondo intero che appartiene a me.

Amelia inizia a muoversi, e nel momento in cui sento il rumore delle sue cuffie cadere a terra e la cintura di sicurezza slacciarsi, Clare balza via da me. I suoi capelli sono disordinati, il viso arrossato e le labbra gonfie.

Il mio membro pulsa furiosamente per il piacere che gli è stato negato.

Mi schiarisco la gola e mi alzo, passando accanto a Clare mentre aiuto Amelia a trovare un altro film da guardare sul suo tablet.

«Cosa stavate facendo?» chiede Amelia, guardando Clare. «I tuoi capelli sono buffi.»

Gli occhi di Clare si spalancano, e corre in bagno, sbattendo e chiudendo a chiave la porta.

Tipico dei bambini rovinare il momento. Io trovo Clare sexy da morire. Il mio membro è certamente d'accordo.

Accompagno Amelia al suo posto e le prendo uno snack e un succo di frutta prima di mettere sul suo tablet un altro film di principesse.

Clare passa troppo tempo nascosta in bagno, sistemandosi i capelli, e per il resto del volo mi evita, concentrandosi sul suo eReader.

È imbarazzata e probabilmente preoccupata che Amelia abbia capito qualcosa. Non ha visto nulla, ma lascio correre.

Atterriamo a Parigi e ci vuole un po' di tempo per gestire i controlli doganali prima di venire accompagnati in hotel con l'auto.

L'hotel è piuttosto datato e necessita di alcuni ammodernamenti. È una delle ragioni per cui il proprietario sta considerando di vendercelo. Non è lontano dalla Torre Eiffel, e mi è stato assicurato che la vista dall'attico sarà spettacolare.

MenAnche se voglio visitare le camere standard, mi è stato assegnato l'attico. Non mi aspetterei niente di meno, e se il proprietario non l'avesse offerto liberamente, avrei pagato profumatamente per l'esperienza.

L'attico è composto da due camere da letto, un ampio soggiorno e una cucina. Amelia si precipita dentro eccitata, correndo a cercare la sua camera.

Esploro la suite, soddisfatto degli alloggi e della pulizia, e mentre la maggior parte dell'hotel è vecchia e necessita di riparazioni, questa suite è di prima classe. È già stata ristrutturata. È stato fatto per me?

La pittura è fresca. La biancheria sembra immacolata e nuova di zecca. Persino gli asciugamani sono stati aggiornati dal bianco standard a un grigio spesso. I cartellini sono ancora attaccati.

Clare è silenziosa, osserva l'ambiente mentre io perlustro le camere, portando con me il mio bagaglio e lasciandolo nella stanza con un singolo letto matrimoniale.

«Ehm, Levi.» La voce di Clare si blocca in gola.

Dall'altra parte del corridoio c'è una seconda camera da letto, ed entro aspettandomi di trovare due letti matrimoniali. No. C'è un singolo letto matrimoniale.

«Non posso condividere un letto con Amelia,» dice.

Amelia sale sul materasso e inizia a saltare eccitata. Non la biasimo. Dopo il lungo volo, è normale che abbia dell'energia accumulata.

Non è l'unica.

«Posso chiamare la reception e chiedere un'altra stanza,» dico con un profondo sospiro, strofinandomi la mascella. Come farà a badare ad Amelia se si trova in una stanza diversa a un piano diverso? Non sarebbe ideale. «Possiamo far portare un letto pieghevole nella stanza di Amelia.»

«Sì, dovrebbe funzionare.»

Faccio una rapida telefonata e mi assicurano che porteranno un letto aggiuntivo. Posso sempre far dormire Amelia sul letto pieghevole, dato che probabilmente sarà un letto singolo.

Amelia strilla di gioia mentre entro nella stanza delle ragazze per vedere cosa sta succedendo.

La mia piccola mostriciattola continua a saltare altissimo sul materasso. «Signorina, romperai il letto di Clare,» dico, afferrandola a mezz'aria.

«Il mio letto,» proclama Amelia con orgoglio.

«Il tuo letto verrà portato qui tra poco.»

«Va bene, posso dormire ovunque,» dice Clare.

«No, Amelia può dormire sul letto pieghevole singolo.»

Amelia si divincola dalla mia presa e continua a saltare, ignorando le mie richieste di smettere. La bambina è ribelle. Lo ha preso da me. «Devo darle da mangiare prima che abbia una crisi.» Abbiamo mangiato qualcosa durante il volo ma non facciamo un pasto vero da ore.

«Sei pronta?» chiedo a Clare mentre apre la sua valigia. Non so se sta per mettere via i vestiti o se vuole cambiarsi dopo il volo.

«Mi puoi dare dieci minuti?»

«Ti ho vista prepararti in due.»

«Questo è un colpo basso,» dice, afferrando un vestito rosso scuro. I miei pantaloni si stringono. «Cinque.»

«Affare fatto.» Le darei volentieri anche dieci i minuti se potessi vederla in un vestito sexy per cena. Mentre si dirige verso il bagno, le afferro il polso, fermandola e sussurrandole all'orecchio: «Dimentica le mutandine.»

Le sue guance si infiammano, assumendo lo stesso colore del vestito che ha in mano, prima che scivoli in bagno.

Sono deluso di non poter guardarla spogliarsi e cambiarsi. Mi piacerebbe vedere cosa c'è sotto i suoi vestiti, e prima o poi, lo scoprirò.

Direi che stiamo prendendo le cose lentamente, ma è più simile a un ritmo glaciale. No, i ghiacciai si sciolgono più velocemente. Non che stia dicendo che la Ragazza dell'Aereo sia una regina di ghiaccio. Ha dimostrato di essere tutt'altro con quel bacio infuocato e mozzafiato sull'aereo.

C'è un deciso bussare alla porta, e faccio entrare il personale con il materasso singolo, indicando loro dove posizionare il letto pieghevole.

Appena se ne vanno, Amelia si arrampica sul nuovo letto, decidendo di sistemare le lenzuola saltando. Cerca di toccare il soffitto ma non ci arriva. Quindi, salta più in alto.

«Sei la mia scimmietta?» chiedo, afferrando Amelia e facendola girare.

Lei ridacchia e strilla di gioia.

La porta del bagno scatta, e Clare esce con andatura disinvolta nel suo sexy vestito rosso con sottili spalline che le arriva appena sotto le ginocchia. La scollatura è bassa, offrendomi un'ampia visione del suo décolleté, e non vedendo tracce di spalline del reggiseno, spero che abbia seguito i miei ordini come da brava ragazza, saltando anche le mutandine.

Metto Amelia sul letto, la mia attenzione rubata dalla sua tata.

Non avrei mai pensato che a quarant'anni sarei andato dietro a una ragazza sui vent'anni.

Anche se, forse non è corretto dire che le vado dietro?

Ci scontriamo. Battagliamo con soprannomi e insulti sarcastici. Ma provarci, andarci dietro a vicenda?

La inseguirei fino ai confini della terra se mai lasciasse me e Amelia, ma non ho intenzione di lasciarla andare. Non ora. Non mai.

Un bacio, e sono già pesantemente dipendente.

È la mia droga preferita.

Amelia ricomincia a saltellare sul letto, il materasso geme sotto il suo peso.

Clare prende i tacchi dalla sua borsa. Sono contento che li abbia indossati. Le stanno maledettamente bene, e non la vedo spesso vestita elegante. Di solito non è appropriato per una tata. Deve sedersi e intrattenere mia figlia tutto il giorno. Nessuno vuole buttarsi sul pavimento con un vestito elegante.

«Sono quasi pronta,» dice Clare, offrendomi un sorriso timido.

Amelia inizia a saltare e strillare finché il materasso ansima e fa uno strano rumore secco.

«Amelia, basta così!» sbotto, non volendo chiamare il servizio in camera per un materasso sostitutivo perché mia figlia ha rotto quel dannato coso.

Lei si lascia cadere, il viso che si contrae mentre strofina il materasso. «Ahi.»

«Perché *ahi*?» chiedo, e mi siedo sul letto, scoprendo la molla rotta.

Bel lavoro, piccola. Gemo e mi passo una mano tra i capelli. «Devo chiamare il servizio in camera.»

«Perché?» chiede Clare, seguendomi nel soggiorno. Ha i tacchi indosso, ed è uno schianto. Mi ci vuole tutto per non spingerla contro il muro e ficcarle la lingua in gola.

Basta uno sguardo a lei, e sono duro come il marmo.

«Amelia ha rotto una delle molle nel materasso. Nessuna di voi due può dormirci sopra.»

«Posso prendere il divano. Sono sicura che si apre in un letto.»

«Un letto scomodo che sarà peggio della molla rotta. Lasciami chiamare giù,» dico, e allungo la mano verso il telefono della camera.

«Non essere ridicolo. Romperà un altro letto se lo fai cambiare.»

«No, non lo farà,» affermo, fulminando Amelia con lo sguardo. Sto aspettando che il servizio risponda, ma continua a squillare all'infinito. O sono incredibilmente occupati o stanno ignorando la mia chiamata. Non sono felice di nessuna delle due opzioni.

Amelia si siede sul letto matrimoniale, sorridendo innocentemente come se non avesse appena distrutto un letto dell'hotel.

«Seriamente, Levi.» Il modo in cui Clare pronuncia il mio nome mi fa stringere contemporaneamente il cuore e il cazzo. Come diavolo ci riesce? «Sei qui per lavoro. Non preoccuparti del letto. Il divano va bene.»

«Non dormirai sul divano,» ringhio, e sbatto il telefono quando non rispondono. «Scenderemo giù, e mi lamenterò.»

«Per favore non farlo,» dice Clare. «L'hotel è così bello, e non è colpa loro se il materasso si è rotto. Per me il divano va benissimo.»

«"Va benissimo" non è abbastanza.»

Come può accettare di dormire su un materasso pieghevole e pieno di bozzi quando merita di meglio?

Scendiamo, e insisto per parlare con il servizio ospiti. Ci informano che a causa di un matrimonio e una convention, l'hotel è già al completo, e non ci sono letti aggiuntivi o camere disponibili.

«Cazzo!» impreco, dimenticando che mia figlia è proprio al mio fianco.

Gli occhi di Clare si spalancano, e prende la mano di Amelia, allontanandola dalla reception.

«Mi sta dicendo che non avete altri materassi di ricambio? Sono nella suite attico.» Non farò nomi, ma potrei benissimo farlo in questo caso.

«Mi dispiace, signore. Posso assicurarle che ho controllato e ricontrollato il sistema. Se vuole, posso inserire una richiesta, e se qualcuno fa il check-out in anticipo, posso assicurarmi che le venga data la priorità.»

Borbotto, insoddisfatto, e mi allontano dalla reception. «Beh, è stato infruttuoso,» mormoro.

Clare sta portando Amelia, la testa di mia figlia appoggiata sul suo petto. «Ti stai addormentando?» chiedo, strofinando la schiena di Amelia e prendendola dalle braccia di Clare. «Non dormire ancora. Dobbiamo cenare.»

«Novità sulla situazione del letto?» chiede Clare.

«No. Non posso credere che non vogliano risolvere il problema,» dico. Usciamo, dirigendoci verso uno dei ristoranti nelle vicinanze. Ce n'erano diversi non lontano dall'hotel.

«E come suggeriresti di risolverlo? Andando a comprare un altro materasso solo per te?» sbotta. «Quel povero ragazzo è a malapena maggiorenne, e tu sfoghi la tua frustrazione su di lui. Non devi essere un tale rompiscatole di miliardario.»

Rompiscatole. È questo che pensa di me? Stavo cercando di farle un favore. Non lo vede?

Fa una smorfia. «Scusa, mi è sfuggita la lingua,» dice Clare. «Non mi dispiace prendere il divano. Non è un grosso problema.»

«Invece è un grosso problema, e non lo prenderai.»

«Lo prenderai tu?» replica lei, chiedendosi cosa intendo.

«No, dividerai il mio letto.»

Il silenzio è assordante. Sto aspettando che mi dica che non può farlo. Che è poco professionale o una delle altre mille scuse per rifiutare l'offerta.

Lei inspira profondamente e mi fissa. «Sì, va bene. Sono sicura che ci sia abbastanza spazio.»

È un letto king size. Ovvio che c'è abbastanza spazio. Ma non ho intenzione di cederle metà del materasso. Non è una situazione in cui si divide con un cuscino al centro. Mi piace Clare.

Diavolo, la desidero.

E cosa altrettanto importante, mi piace dormire con la camera fredda, e ho tutte le intenzioni di accendere l'aria condizionata, rendere la stanza gelida, e costringerla a rannicchiarsi contro di me se vuole un po' di coperte.

Sono malvagio e un brontolone, proprio come ha detto lei. Tanto vale che porti il distintivo con orgoglio. È un onore.

Passiamo davanti a diversi ristoranti, guardando i loro menu esposti fuori. Tutti quelli in in inglese sembrano piuttosto simili, e non riesco a capire se in quelli in francese ci siano piatti diversi che non ci vengono mostrati.

Sono stato in Francia alcune volte, non per lavoro, ma sono passati anni. Il mio francese è più che arrugginito. È dell'età della pietra, arcaico.

Sembra che neanche Clare parli o legga il francese e, sebbene entrambi ci proviamo un po' per essere educati, sono sicuro che massacriamo anche le frasi più semplici.

Ordino l'anatra dal menu, Clare ordina il pollo, e per Amelia prendo gli spaghetti. Può assaggiare il mio piatto se vuole, ma non sono sicuro di quanto sia avventurosa con i cibi nuovi.

Il mio telefono ci interrompe dopo che abbiamo ordinato, e lo tiro fuori dalla tasca con un forte gemito. Mia madre. Valuto l'idea di non rispondere, ma per quanto ancora posso evitare di parlare con lei?

«Ciao, mamma.» Sento due paia d'occhi su di me, e ho quasi voglia di alzarmi dal tavolo e allontanarmi.

«Levi, come stai?»

«Sto bene. Ho delle novità,» dico, sorridendo ad Amelia. Sono sicuro che sia per questo che mia madre sta chiamando. Non chiama mai all'improvviso a meno che non finisca sui titoli dei giornali, o voglia presentarmi una delle sue amiche della chiesa.

Preferirei annegarmi piuttosto che andare a uno dei suoi appuntamenti al buio. Perché non infastidisce Connor?

«Lo so, me l'ha detto tuo fratello,» dice, con un tono deluso. «Quanti anni ha la bambina?»

«Cinque,» dico. «Ne compirà sei ad Halloween.» Non ho ancora pensato a cosa fare per festeggiare il suo compleanno, ma mancano solo un paio di settimane. Dovrò organizzare qualcosa di memorabile.

«Connor mi ha detto che hai assunto una tata.»

Cosa non le ha detto Connor? Mi strofino il collo, questa conversazione mi sta già facendo sentire irritato e a disagio. Irrequieto.

«Sì. È qui con me ora, mi aiuta con Amelia. Senti, mamma. Odio fare questo, ma devo andare. Siamo al ristorante e la cena ci verrà servita da un momento all'altro.»

«Certo, caro,» dice, e ho la sensazione che non sia felice che io stia terminando la chiamata. «Fammi sapere quando torni a casa. Vorrei conoscere mia nipote prima del suo ventunesimo compleanno.»

Faccio una smorfia. «E lo farai.»

«Avrei potuto venire a Parigi per aiutarti con la bambina, Levi. Non era necessario portare una tata con te.»

«Ha cinque anni, mamma. So che hai buone intenzioni, ma non c'è modo che tu possa tenere il passo con la sua energia vivace.»

«Sceglierò di non offendermi per questa osservazione.»

«Devo andare. Sta arrivando la cena.»

«Va bene. Chiamami quando torni a casa.»

Termino la chiamata e sono sollevato che il peggio sia passato. Non sono sicuro se dovrei ringraziare Connor per avermi spinto sotto un autobus o meno. Non è facile avere a che fare con mamma, ma più aspetto, peggio diventerà.

Clare dà un'occhiata al suo cellulare e non appena finisco la mia chiamata, infila il telefono nella borsa.

«Tutto bene?» chiede, con una voce più acuta del solito. Come se fosse stata colta a fare qualcosa che non avrebbe dovuto.

Sta cercando un appuntamento? Cerca di scorrere verso destra? O era a sinistra? Non ricordo mai in che direzione si debba scorrere quando qualcuno ti piace sulle app per incontri. Preferisco incontrare le donne di persona, non dove possono ingannarmi.

«Non dirmi che stai giocando con una di quelle app di incontri,» dico, allungando la mano verso il mio bicchiere d'acqua. Ho la bocca arida.

«No, solo un messaggio stupido.» Agita la mano con noncuranza. «Immagino che non sia andata bene con tua madre?»

«Ho avuto conversazioni peggiori,» ammetto. «Almeno è dall'altra parte dell'oceano o avrei scommesso che si sarebbe presentata durante la cena.»

La cena va bene, senza eventi particolari a parte la telefonata, il che per me è un successo dopo la lunga giornata. Sono pronto per andare a letto quando torniamo in albergo, e Amelia è già addormentata tra le mie braccia.

Tecnicamente potrei metterla sul divano letto, ma non è giusto far dormire nessuna delle due su quell'aggeggio. Metto Amelia a letto e chiudo la porta.

Clare si siede sul bordo del mio materasso e arriccia il naso. «Ho lasciato il mio bagaglio nella stanza di Amelia.»

«Puoi prendere in prestito qualcosa di mio da indossare,» dico. La mia borsa è aperta, con la cerniera abbassata, sul pavimento vicino alla finestra. La vista durante il giorno era stata magnifica con la Torre Eiffel subito all'esterno, ma di notte è ancora più incantevole.

Oserei dire romantica?

C'è un balcone collegato alla camera da letto, e apro la porta, lasciando che l'aria fresca entri nella stanza. È tranquillo fuori, e siamo abbastanza in alto da non sentire i rumori del traffico o dei turisti là sotto.

Esco, osservando la città e le persone che tornano dalla stazione ferroviaria o visitano la Torre Eiffel.

«Vuoi prendermi una maglietta o dovrei sceglierne una io?» chiede Clare alle mie spalle.

Lancio un'occhiata oltre la spalla e la vedo in piedi davanti al mio bagaglio.

«Rilassati, non troverai sex toys o vibratori nascosti.

Le sue guance si arrossano e distoglie lo sguardo, chinandosi per raccogliere la prima maglietta che trova.

«Non me la farai mai passare questa ,» dice Clare.

«Forse un giorno...» mi fermo, pensandoci. «Sì, probabilmente hai ragione. È materiale perfetto per prenderti in giro per tutta la vita.»

Lei geme e afferra la mia maglietta, portandola in bagno per cambiarsi.

Abbasso ulteriormente la temperatura del condizionatore, assicurandomi che la stanza sia bella fresca per quando dormiremo.

Guardando dal balcone, osservo le stelle che brillano in cielo. Contemplo la quiete della notte e quanto sia diversa questa città da New York.

La porta del bagno cigola e lancio un'occhiata alle mie spalle verso Clare. È sexy con la mia maglietta grigia. Le arriva appena sotto il sedere. Ringhio quando la vedo, avanzo nella stanza e le mie mani si posano sui suoi fianchi.

«Donna, l'effetto che mi fai...,» dico.

Clare sorride, alzandosi sulle punte dei piedi. «Touché.» Preme le labbra castamente sulle mie, e colgo l'occasione per mostrarle quanto significhi per me. Voglio che sappia che il fuoco che cresce dentro di me, che brucia per uscire, è tutto a causa sua.

Il semplice bacio si approfondisce, e la stringo forte. Sebbene desideri disperatamente scoprire se indossa qualcosa sotto la mia maglietta, non vado subito al sodo.

Questa è una danza lenta, e non voglio spaventarla. Siamo solo all'inizio.

Lei mi avvolge le braccia attorno al collo, stringendomi più forte. Le sue dita scivolano tra i miei capelli, stuzzicando il mio cuoio capelluto.

Il suo tocco è celestiale e seducente, e più a lungo le nostre labbra restano unite, più il mio cervello si annebbia.

Cadiamo sul letto in un groviglio di mani vaganti e lingue che esplorano. Ogni gemito e sospiro manda il mio corpo in sovraccarico, facendomi desiderare disperatamente di assaggiarla, sentirla e affondare il mio cazzo dentro di lei.

Clare si sposta indietro sul materasso mentre io mi ergo su di lei, le labbra che si scontrano. Il suo tocco è un fuoco che incendia il mio mondo. Lei slaccia i miei pantaloni, aiutandomi a togliermeli mentre sbottono la mia camicia elegante.

Indosso troppi vestiti.

La camicia viene lanciata attraverso la stanza. Scalcio via i pantaloni e li sento cadere sul pavimento con un tonfo leggero.

La mia mano scivola sul fianco di Clare, alzandole la maglietta, e sussulto alla vista delle sue mutandine di pizzo viola scuro. Ringhio, volendo strapparlele con i denti.

«Via la maglietta,» comando, e lei si siede mentre l'aiuto a svestirsi. Addio all'idea di condividere innocentemente un letto e dormire. Al diavolo, dormire è sopravvalutato. Non indossa un reggiseno, e i suoi seni sono turgidi e richiamano la mia attenzione, implorando di essere adorati entrambi allo stesso modo.

La mia bocca scende sul suo capezzolo turgido, e faccio scorrere la lingua su quel suo sensibile monte.

La sua schiena s'inarca, e il petto si spinge contro di me, esigendo di più senza parole. Non ha bisogno di parlare. Posso leggere il suo corpo e sapere ciò di cui ha bisogno.

È irrequieta contro il materasso mentre mi sposto da un seno all'altro. Posso sentire il suo profumo femminile. Solletica i miei sensi e rende il mio cazzo duro come roccia.

Mi sposto giù dai suoi seni, baciando la curva del suo stomaco. «Clare, sei così dannatamente sexy e irresistibile,» sussurro con voce roca mentre annuso le sue mutandine con il naso, assaporando il suo profumo.

È bagnata, e lo è tutta per me. L'ho fatta diventare io così.

La stuzzico con la lingua attraverso il tessuto sottile, e i suoi pugni stringono le lenzuola. Sposto le sue mani tra i miei capelli, volendo sentire ogni centimetro della sua esperienza.

Si morde il labbro, gemendo e muovendo i fianchi mentre lecco la sua figa attraverso le mutandine.

«Ne vuoi di più?» chiedo, desiderando il suo consenso.

«Non osare fermarti,» ansima Clare, e i suoi occhi si spalancano.

«Brava ragazza,» la lodo, e prendo un altro cuscino, posizionandolo sotto di lei mentre le abbasso le mutandine viola con i denti.

Lei geme, ed è uno dei suoni più belli che abbia mai sentito in vita mia. Profuma di sesso, e non abbiamo ancora scopato. Le sue pieghe luccicano; la sua figa è bagnata e gonfia.

«Ti farò gridare il mio nome,» l'avverto prima di afferrare una delle sue cosce e sollevarla sulla mia spalla. Le mie labbra si muovono verso la sua figa mentre la scopo con la lingua.

Lei sussulta e geme, i suoi suoni morbidi e quieti. Non riesco a capire se è solitamente così silenziosa o se ha paura che qualcun altro possa sentire.

La mia lingua stuzzica il suo clitoride, circondando la sua perla, colpendola mentre il suo corpo inizia a tremare.

Così brava.

Mantengo il ritmo, due dita che scivolano dentro la sua figa. È stretta come una vergine con le mie dita spesse, e dovrò infilarne tre per allargarla adeguatamente prima di affondare il mio cazzo dentro di lei.

Le sue labbra si separano di più, la bocca spalancata mentre ogni respiro diventa più forte e irregolare. Una mano aggroviglia le lenzuola. L'altra è nei miei capelli. Il suo interno pulsa e si stringe, e ritiro le dita e le labbra proprio mentre è sul punto di venire.

I suoi occhi si spalancano con odio. «Brontolone,» ansima, respirando affannosamente.

«Verrai col mio cazzo dentro di te,» ordino, salendo sopra di lei, le mie labbra che stuzzicano la sua bocca.

Lei deglutisce e mi fissa, lo sguardo infuocato che diventa primordiale. Clare tenta di ribaltare le nostre posizioni, volendo prendere il controllo o forse inseguire il suo orgasmo, ma non le permetto di dominare.

La nostra prima volta sarà con me al comando, portandola al limite. Quando darò l'ordine che può venire, solo allora, lei obbedirà.

Continua a baciarmi, e alla terza volta che cerca di

farci rotolare, intrecciamo le mani e le blocco le sue sopra la sua testa. «Comando io.»

Si dimena contro di me, lottando per la sua libertà, ma tutto ciò che deve fare è dire basta, e la lascerei andare.

«A quanto pare, non rubi solo mutandine,» mi provoca, guardandomi con un ardore che non ho mai visto nei suoi occhi. Non così.

«Cioè?»

«Rubi anche orgasmi.»

Ridacchio e sposto le labbra sul suo orecchio, stuzzicandole il lobo, sentendola contorcersi sotto il mio tocco. «Si chiama edging, *tesoro*.»

Inspira bruscamente e si avvicina, mordendomi il labbro inferiore, prendendolo tra i denti. Non mi fa male. Non c'è sangue, solo un leggero dolore mescolato alla sensazione di piacere.

«Cazzo,» mormoro. Le sue labbra sono peccaminose mentre i suoi baci si spostano sul mio collo. Le mie mani tengono i suoi polsi premuti contro il letto. Se la mia cravatta non fosse da qualche parte sul pavimento, l'avrei usata per tenerle le mani ferme sopra la testa.

«È quello che sto cercando di fare,» ringhia, e giuro che è una leonessa in calore. E io sono proprio l'uomo che la domerà.

«Presto.» Premo con forza le labbra sulle sue, e la sua lingua cerca la mia. È come un'esplosione di fuochi d'artificio. Lei geme quando mi allontano da lei.

«Dove diavolo stai andando?»

«Preservativo,» dico, e mi dirigo verso il mio bagaglio.

Gemo quando frugando nella borsa non ne trovo nessuno. «Cazzo,» impreco. «Li ho lasciati a casa.»

«Va bene. Prendo la pillola,» dice Clare. «Non sono stata con nessuno dal mio ex marito.»

Torno verso il letto. «Nemmeno io.»

«Non sei stato con nessuno dal mio ex marito?» Clare sorride e ride.

«Intendevo da quando ho fatto gli esami. Sono pulito,» le assicuro. «Ma possiamo aspettare, e posso vedere se c'è una farmacia aperta.»

«Va bene così. Torna a letto, *Leccamutandine*.»

Gemo. «Questo soprannome non deve restare,» la avverto mentre la stringo contro di me e copro il suo corpo con il mio.

«Altrimenti?»

Mi sorride.

«Ti sculaccio,» la minaccio. E non è una minaccia a vuoto. Anni fa avevo una ragazza che amava essere disciplinata. Ho molta esperienza nel domare una cattiva ragazza.

I suoi occhi si spalancano e mi fissa. «Sul serio?»

«Non è che voglia farlo, ma se mi chiami ancora *Leccamutandine*, non avrò scelta.»

Emette un profondo sospiro e mi fa la linguaccia. «Va bene, puoi essere l'unico e solo *Ladro di Mutandine*.»

«Non ho rubato le tue mutandine,» ringhio a Clare, ma non sono arrabbiato. Le mie labbra si schiantano contro le sue, le sue dita mi graffiano la schiena e scendono sui fianchi, aiutandomi a liberarmi dai boxer. Sussulta alla vista del mio membro indurito.

«Quello è... sei enorme.» La sua voce si blocca in gola.

Accenno un sorriso, e i suoi occhi si spalancano. È nervosa?

Vado piano, spingendomi centimetro per centimetro nel suo calore. Le sue gambe mi avvolgono, attirandomi più in profondità.

I suoi occhi si chiudono, e io mi fermo, volendo il suo sguardo su di me. «Guardami,» ordino, lavorando lentamente fino a creare un ritmo che piaccia a entrambi.

Le sue unghie si conficcano nel mio braccio, nella schiena e nelle spalle. Ovunque mi tocchi, lascia un segno.

Il dolore è buono. È rinvigorente e reale, mi aiuta a realizzare che questo non è un sogno, mentre mi spingo più profondamente dentro di lei.

La testa di Clare si inclina all'indietro e la sua schiena si inarca verso di me. «Non ancora.»

Non le ho dato il permesso.

Mi guarda, bisognosa e piena di desiderio. «Ti prego.» La sua voce è dolce, roca, e giuro che sta per supplicarmi. L'immagine di lei in ginocchio, che implora di prendermi, di succhiare e ingoiare ogni goccia, attraversa la mia mente.

Una fantasia alla volta.

Il suo gemito mi riporta indietro, la sento supplicarmi mentre la penetro e il suo interno si stringe e trema.

Mantengo il tempo, non volendo privarla di nulla. «Vieni per me,» ordino. È al limite, e voglio essere io a portarla oltre, a prenderla quando cade nell'oblio.

Ansima e geme, e io silenzio i suoi dolci rumori con dei baci. Non voglio svegliare Amelia, e anche se è dall'altra parte del corridoio della suite, sono sicuro che i gemiti di Clare arrivino fino a lì. Sta godendo del mio cazzo nella sua stretta figa. Siamo in due.

La sua figa che trema sul mio cazzo, la dolce musica dei suoni che emette, tutto questo combinato mi spinge oltre il limite e vengo.

Ansimando, rotolo via da lei e mi metto sulla schiena. L'aria non sembra raggiungere i miei polmoni abbastanza velocemente.

«Lo so, vero?» dice Clare con una risata.

Sono coperto da un velo di sudore e la tiro contro di me, le mie labbra schiacciano le sue in un altro bacio rovente.

Non voglio che questa notte finisca mai, che arrivi il mattino e che io debba occuparmi degli affari e lasciare le mie due ragazze preferite da sole a esplorare la città senza di me. Mi fido di Clare con mia figlia, ma vorrei comunque essere lì, per passare del tempo insieme come una famiglia.

Solo che non siamo una famiglia. Lei è la tata.

Metto da parte quei pensieri pesanti e appoggio il braccio sul suo fianco, tenendo Clare stretta contro di me mentre mi lascio andare al sonno.

CAPITOLO 9

Clare

Il letto è caldo, con Levi rannicchiato contro di me. È riuscito a rubare quasi tutte le coperte, avvolgendosi come in un bozzolo. Ma non mi dà fastidio.

La quantità di calore che emana quell'uomo è innaturale.

La sveglia lo scuote dal sonno.

Io ero già sveglia, lo stavo ammirando.

Fuori è ancora buio, ma il sole sta cominciando a sorgere. Stringo Levi più forte, attirandolo più vicino a me.

Levi brontola. Non riesco a capire se stia protestando per il risveglio o perché lo tengo in ostaggio nel suo letto. «Devo andare al lavoro.»

«Non puoi fare tardi?» chiedo. «Chi lo verrebbe a sapere?» Se è l'amministratore delegato, deve rendere conto a qualcuno? Un consiglio d'amministrazione?

«Ho già una riunione programmata. Non posso mancarla.» Le sue labbra sfiorano le mie, mi fa rotolare sulla schiena mentre le sue dita si muovono sui miei fianchi e scendono tra le mie cosce.

Infila le dita tra le mie gambe, scoprendo il mio frutto proibito.

«Dio, ti voglio,» sussurra con voce roca contro le mie labbra, i suoi baci caldi e appassionati, ardenti e intensi. Levi si allontana e si porta le dita alla bocca, assaggiandomi. «Potrei mangiarti tutto il giorno,» dice.

Lo fisso, scioccata. Non ho mai avuto un uomo che facesse una cosa simile. Che mi assaggiasse così apertamente, in modo così esplicito, per poi dire qualcosa di così sensuale.

Il cuore mi batte forte nel petto mentre lui scende dal materasso.

«Posso unirmi a te sotto la doccia?» chiedo.

Amelia sta dormendo profondamente e devo lavarmi comunque, prima o poi. Una doccia calda e piena di vapore sembra molto più divertente con Levi nella stessa cabina.

Levi geme. «Non posso dirti di no.» Mi fa cenno di seguirlo.

Non riesco proprio a stancarmi di quest'uomo, e la doccia dura il doppio del tempo. Fortunatamente siamo in un hotel, altrimenti probabilmente avremmo finito con una doccia gelata per quanto siamo rimasti sotto l'acqua.

Prende un asciugamano grigio, grande e soffice, e me lo avvolge attorno alle spalle. «Il mio cellulare ha copertura internazionale. Se hai bisogno di qualsiasi cosa, non importa cosa, chiamami.»

«Staremo bene,» dico. È in modalità papà orso iperprotettivo, preoccupato per Amelia. Posso badare a sua figlia in una città straniera. Siamo a Parigi. Non è come se fossimo nel bel mezzo di una zona di guerra.

«Mandami un messaggio quando lasci l'hotel e quando torni.»

«Va bene, *Ladro di Mutandine*,» scherzo, e lui si avvicina, mordendomi il labbro inferiore, tirandolo tra i denti.

«Dico sul serio. E se continui a chiamarmi così, allora dovrò rubare davvero le tue mutandine.»

«L'hai già fatto,» dico con un sorriso malizioso. Rimango avvolta nel calore dell'asciugamano pulito e asciutto.

«Non intenzionalmente.» Levi si asciuga e apre la porta del bagno, dirigendosi in camera da letto per vestirsi.

«Certo.» Alzo gli occhi al cielo, poco convinta. Anche se ormai non ha motivo di mentirmi. All'inizio era probabilmente per orgoglio, non voleva ferire il suo ego.

Odio ammettere che è maledettamente divertente prenderlo in giro. Il battibecco tra noi è una forma di preliminari tutta nostra, esclusiva di Levi Luxenberg.

«Mi manderai un messaggio,» dice, volendo rassicurazioni.

«Sì, ti manderò un messaggio, ma ti invierò il conto. Non ho il roaming internazionale.»

«Quando torniamo a New York, ti inserisco nel mio piano telefonico. Nel frattempo, non preoccuparti del costo. Me ne occupo io.»

«È una follia, Levi. Posso prendere una SIM locale e costerà molto meno.»

I suoi occhi brillano e allunga la mano verso il portafoglio. Mi porge una carta di credito che riporta *Currency Passport*. «È già caricata con valuta estera. Non che voglia che tu la sprechi per una SIM, ma ti serviranno soldi per i biglietti d'ingresso se vuoi portare Amelia a un museo o salire sulla Torre Eiffel. E se hai bisogno di contanti per un negozio, puoi prelevarli a un bancomat con quella carta.»

«Mi servirà il codice PIN.»

«È il mese e il giorno di nascita di Amelia, 31 ottobre. Il PIN è 1031.»

Non avevo realizzato che il suo compleanno fosse tra meno di due settimane. Avremmo dovuto pianificare qualcosa di spettacolare per festeggiare i suoi sei anni. «Non vuoi venire con noi quando saliremo sulla Torre Eiffel?» chiedo.

«Non è la mia prima volta a Parigi. Amelia dovrebbe divertirsi. Non voglio che voi ragazze restiate chiuse qui dentro tutto il giorno.»

«Quanto c'è sulla carta?» chiedo, mettendola accanto al telefono mentre mi vesto.

«Più di quanto dovresti essere in grado di spendere in un giorno. Diverse migliaia.»

Cerco di nascondere il mio shock per il fatto che mi stia consegnando così tanti soldi, ma non li spenderò tutti. A differenza di quando mi aveva lasciata a fare shopping per ore, e avevo realizzato che Amelia non avesse nulla con cui giocare o niente di educativo. Quei soldi li avevo usati per farla sentire a casa con Levi.

Sono ancora avvolta strettamente nel mio asciugamano. Levi è completamente vestito e mi squadra dalla testa ai piedi. «Il tuo bagaglio è nella stanza di Amelia,» dice con un sospiro. «Resta qui.»

È silenzioso mentre si muove furtivamente attraverso l'attico e apre la porta della camera, attento a non svegliare sua figlia che dorme. Porta la valigia invece di trascinarla, probabilmente per non rivelare la sua presenza ad Amelia.

«Ecco qua,» dice Levi, posando la valigia sul pavimento.

Tengo l'asciugamano ben stretto mentre mi chino, apro la valigia e prendo un abitino corto con margherite gialle. Levi mi ha appena appena vista nuda sotto la doccia, ma in qualche modo, in camera da letto, cerco di essere pudica.

«Grazie,» dico. Faccio un gesto per indicargli di uscire.

Lui ridacchia e prende le sue ultime cose dal comodino: portafoglio, orologio e telefono.

«Avrai finito prima di cena?» chiedo.

«Sì, spero di concludere verso le tre.»

Mi attira a sé, le sue labbra si premono sulle mie mentre le sue dita si intrecciano con i miei capelli bagnati. «Donna,» ringhia, cercando di tirarsi indietro, ma io continuo ad avvicinarmi, le mie labbra che incontrano le sue, ancora e ancora. «Mi farai fare tardi.»

«Molto tardi,» sussurro, facendo scorrere le dita sul suo completo e lasciando cadere l'asciugamano.

Il suo viso va a fuoco, e sposta il peso sui piedi, come se stesse cercando di decidere se fare il bravo e arrivare in tempo all'incontro sia davvero così importante.

I baci sono ardenti e appassionati, ma non lo svesto. La mia mano resta appoggiata sul suo petto, il cuore che gli batte contro il mio palmo.

«Vai,» dico con una risata, abbassando lo sguardo, «prima che ti strappi i vestiti di dosso.»

«E se volessi che mi strappassi i vestiti di dosso?» chiede, e poi scuote la testa. «Non farlo.»

Non strappargli i vestiti o non rispondere alla domanda?

Stampo un ultimo bacio sulle sue labbra. «Ci vediamo dopo.»

C'è movimento dall'altra parte del corridoio. Un leggero tonfo, mentre probabilmente Amelia salta giù dal letto.

Lui mi tiene stretta, con la mano sulla parte bassa della schiena, premendomi contro di sé, prima di cedere e uscire dalla camera da letto.

Mi precipito in bagno per vestirmi prima che Amelia entri saltellando nella camera da letto.

Proprio mentre chiudo di colpo la porta del bagno, Amelia sta correndo attraverso il soggiorno, con il suo squittio inconfondibile.

Ha salutato suo padre questa mattina prima che uscisse o lui è riuscito a sgattaiolare via?

Indosso la biancheria intima e poi il vestito. Apro la porta del bagno mentre finisco di prepararmi.

Amelia è seduta sul bordo del letto, a scalciare con le gambe. Sono colpita dal fatto che non stia saltando sul nostro materasso, ma forse ha capito che quello che ha fatto era sbagliato.

Non è una bambina piccola. Amelia è abbastanza grande per capire che ha rotto il materasso.

«Cosa vuoi fare oggi?» chiedo ad Amelia.

«Disney!»

Rido, e in qualche modo, non credo che questo sia ciò che Levi aveva in mente quando ha parlato di musei. «Che ne dici di parlare con tuo padre stasera di Disneyland Paris? Potrebbe volersi unire a noi,» dico.

Inoltre, non sono sicura di come potrei dire di no alla bambina quando vorrà comprare ogni souvenir a Disney. Levi approverebbe di viziare la sua piccola, o preferirebbe che portasse a casa più ricordi che regali?

Amelia si stringe nelle spalle e mi fissa mentre finisco di vestirmi. «Prepariamoti, e possiamo uscire per la colazione.»

Amelia non ha bisogno di aiuto per cambiarsi, e prendo un paio di pantaloncini e una maglietta elegante dal bagaglio che condivide con suo padre.

Si veste da sola, senza bisogno né voglia del mio aiuto. Già un tale contrasto rispetto a pochi giorni fa, quando l'aiutavo a mettersi il pigiama la prima notte.

Prendo la chiave della stanza e la infilo nella mia borsa. Scendiamo all'ascensore e usciamo. Mando un messaggio a Levi, *Stiamo uscendo dall'appartamento*.

Attico, risponde.

Alzo gli occhi al cielo. *Fa lo stesso.*

Appaiono tre puntini come se stesse rispondendo, e poi scompaiono. Infilo il telefono nella borsa e prendo la mano di Amelia, insistendo che rimanga vicina mentre ci avventuriamo per Parigi.

Non posso rischiare di perderla, e non è che una di noi conosca bene la città. Quanto è sicura Parigi? Devo preoccuparmi che qualcuno me la porti via?

«Dove stiamo andando?» chiede mentre usciamo, e la porto dall'altra parte della strada e giù per un isolato dove si trovano tutti i ristoranti e i negozi, proprio di fronte a una delle stazioni ferroviarie.

«A fare colazione.»

«Lo so,» dice Amelia, e indica i diversi caffè. «Dove?»

La trascino dentro il primo, che ha una vetrina con dozzine di diversi dolci e croissant. Ognuno sembra più appetitoso dell'altro.

«Voglio quello.» Amelia indica il croissant con la colata di cioccolato.

«Va bene, ma prenderemo anche una ciotola di frutta.»

Dopo colazione, camminiamo verso la stazione della metropolitana più vicina e prendiamo il treno prima di cambiare linea e arrivare al Louvre. Il museo dall'esterno è grandioso, e la piramide è ancora più accattivante.

Il mio telefono vibra nella tasca. «Aspetta un attimo, ci sta chiamando tuo padre.»

«Sì, *Principe delle Tenebre, Distruttore del Divertimento*,» dico mentre rispondo al telefono.

«Che cosa sono questi soprannomi... lasciamo stare,» grugnisce Levi mentre guardo Amelia.

Lei ridacchia quando mi sente prendere in giro suo padre.

«Sì?» dico di nuovo, aspettando di sentire perché ha chiamato.

«Dove siete?»

«Al Louvre. Hai detto di portare Amelia a un museo.» Ha detto un sacco di cose, ma quella mi era rimasta impressa, e pensavo che sarebbe stata una buona esperienza educativa.

«Bene. Vi raggiungerò lì,» dice Levi.

È successo qualcosa? Levi è arrivato con solo pochi minuti di ritardo questa mattina. «Non devi lavorare?» chiedo.

«Avrei dovuto, ma l'uomo con cui dovevo incontrarmi ha avuto un'intossicazione alimentare ieri sera e lo stanno portando in ospedale.»

«Oh, che cosa terribile.»

«Sì, prenderò un taxi e vi raggiungerò dentro. Ti mando un messaggio quando arrivo.»

«Perfetto.» Chiudo il telefono e lo infilo nella borsa. «Tuo padre si unirà a noi oggi.»

Entriamo nel museo e prendiamo due biglietti per vedere le mostre. Cerco di tenere d'occhio l'ora e, dopo circa trenta minuti, mi ritrovo a controllare il telefono ogni due minuti per un messaggio di Levi.

C'è appena segnale. Ho una sola tacca. Non so se è il mio telefono o il museo stesso. Tuttavia, ho ancora servizio, solo limitato.

Amelia è silenziosa, fissa i capolavori ma non è particolarmente entusiasta dell'arte. Le leggo le didascalie vicine, spiegandole quello che posso.

Il mio telefono vibra per un messaggio.

«Cosa dice?» chiede Amelia.

Sono qui. In quale sezione siete?

«Tuo padre è qui. Andiamo a trovarlo.» Le prendo la mano e la conduco verso l'ingresso principale mentre scrivo a Levi. *Stiamo venendo a cercarti.*

In pochi minuti, ci siamo fatte strada attraverso il museo, e Amelia lascia andare la mia mano e corre tra le sue braccia come se non lo vedesse da settimane. «Papà!» strilla.

Il sorriso sul suo viso si illumina, e lui si china, prendendola tra le braccia. «Ti stai divertendo con la tua tata?» chiede Levi mentre mi guarda.

«Orsetta Clare è tata migliore del mondo,» dice Amelia estasiata, e si agita tra le sue braccia, appoggiando la testa sulla sua spalla.

«Sei già stanca?» Sono sorpresa che sia assonnata. Forse i musei d'arte non sono il suo genere. Non può correre liberamente tra le mostre.

«Probabilmente è per il jet lag,» dice Levi. «Vuoi che ti porti in braccio?»

Amelia annuisce eccitata e gli avvolge un braccio attorno al collo.

Non oso ammettere che sono gelosa della bambina, che ruba tutta la sua attenzione. Ma lui deve essere presente per lei. È sua figlia. E non mi ignora né dimentica che sono accanto a lui mentre camminiamo più avanti nel museo.

«Avete già visto la *Monna Lisa*?» chiede Levi.

«No, la stavo tenendo per quando saresti arrivato tu.» Lo spingo leggermente mentre camminiamo, e mentre ha un braccio attorno ad Amelia, che tiene accoccolata contro il suo petto, la sua altra mano mi sfiora la parte bassa della schiena. «Fai strada.»

Abbiamo trascorso abbastanza tempo qui questa mattina che mi sono fatta una buona idea della disposizione. Prima, ci dirigiamo verso la *Monna Lisa* e poi giriamo per il museo per vedere il più possibile nelle successive due ore.

Il mio stomaco brontola, e Amelia diventa irrequieta tra le braccia di Levi. La bambina probabilmente ha fame. «Volete andare a pranzo presto?» chiedo.

«Possiamo andare a Disneyland?» chiede Amelia mentre si agita nella sua presa.

«Per pranzo? No.» Levi ride. «Ma come avventura di un giorno intero, forse tra un paio di giorni.»

«Quanto durerà questo viaggio?» chiedo. Levi non ha mai specificato quanto tempo saremmo rimasti a Parigi. Non mi aspettavo nemmeno che sarei stata ancora la loro tata dopo la prima settimana.

«Quanto tempo ci vorrà per cedere l'hotel alla Luxenberg Enterprises.»

Emetto un profondo sospiro. Giorni? Settimane? Mesi? Non è stato particolarmente specifico.

«Perché? C'è qualche posto dove devi essere quando torniamo a casa?»

«No,» dico. Non è quello il punto.

«Bene.» È breve, brusco, come se stesse chiarendo che il programma è alle sue condizioni. Ovvio, non è una luna di miele. Siamo qui per affari.

«Ma devi fare i conti con la scuola di Amelia,» dico. «Non possiamo tenerla fuori per sempre.»

«Dovremmo tornare a New York nel fine settimana. Può lavorare sui suoi compiti questo pomeriggio prima di cena o in serata.»

Mi sorprende che non le faccia fare i compiti prima di uscire per la giornata, ma non sta a me dirgli come crescere sua figlia. Ovviamente, lui è un uomo che ha avuto successo. Forse sa qualcosa che io non so.

«Non litigate,» piagnucola Amelia, e si divincola dalle sue braccia. Si aggrappa alla mia mano.

Levi aggrotta la fronte come se avesse appena realizzato che sua figlia ha scelto una parte, anche se involontariamente.

«Non stiamo litigando, te lo prometto,» dico, prendendo in braccio Amelia. «Stiamo solo discutendo della tua scuola.»

Il suo naso si arriccia alla menzione della scuola.

«Non sei emozionata di iniziare una nuova scuola?» chiede Levi, fermandosi mentre camminiamo, la sua completa attenzione rivolta a sua figlia.

«Non ho amici lì.»

«Te ne farai molti,» dico io. Non voglio chiederle quanti amici ha lasciato e causarle ulteriore stress, ma ora non posso fare a meno di chiedermi come fosse la sua vita prima che tutto accadesse. Aveva molti amici a scuola? Quanti bambini sono venuti alla sua ultima festa di compleanno?

Usciamo dal museo e camminiamo lungo l'isolato, cercando un caffè dove pranzare. Ci fermiamo in un grazioso ristorante nel mezzo della città brulicante. I posti sono all'esterno, il sole nascosto dietro la tenda, offrendo la perfetta quantità di ombra per non far diventare troppo caldo.

Il cameriere ci porta i menù in inglese quando si rende conto che non parliamo francese, e tre bicchieri d'acqua.

Levi sorseggia l'acqua di Amelia, assicurandosi che non la rovesci sui vestiti dato che è piena fino all'orlo.

«Papà,» dice Amelia mentre allunga la mano verso il bicchiere d'acqua, spingendo via il suo viso. «Quello è mio.»

«Lo so, piccola. Stavo solo controllando che non fosse troppo pieno.»

«Non sono una bambina piccola,» dice Amelia, anche se il lieve lamento nella sua voce per l'irritazione suggerisce il contrario.

«Certo che no. Voglio solo evitare che tu rovesci la tua bevanda sui vestiti,» dice Levi.

Amelia si siede sulle ginocchia e si sporge in avanti, sorseggiando dal bicchiere d'acqua prima di usare entrambe le mani per sollevarlo una volta che il livello è abbastanza basso. «Vedi, sono una bambina grande,» dice Amelia con orgoglio.

«Sì, lo sei,» intervengo io. «Amelia è stata di grande aiuto oggi, indicando tutti i bei paesaggi sulla strada per la stazione ferroviaria. Non sono mai stata in una città così antica e ben conservata. È davvero incantevole. C'è ancora così tanto che mi piacerebbe esplorare.»

Sorseggio la mia acqua e sento una donna che ci fissa mentre si dirige verso il caffè. Forse ha il sole negli occhi, e sto esagerando quella che in realtà è una semplice occhiata.

«Levi, sei tu?» dice la donna, entrando dall'ingresso principale e avvicinandosi al nostro tavolo, ignorando il fatto che potrebbe non essere benvenuta o invitata a unirsi a noi.

«Avril,» dice Levi, e si schiarisce la gola. «È passato un po' di tempo.»

Si muove nervosamente e sembra incredibilmente a disagio.

Chiaramente, tra loro due deve esserci stato qualcosa.

È assolutamente splendida, con i suoi lunghi capelli rossi e un sorriso caloroso, anche se sembra finto come l'inferno. I suoi occhi azzurri brillano nella luce del sole mentre si china e gli dà dei baci nell'aria su entrambe le guance. Giuro che già odio questa donna.

«Non tanto quanto pensi.» Sorride ad Amelia ma non si degna di incrociare il mio sguardo. «La tua mamma deve essere molto fortunata ad aver acchiappato un miliardario.»

Vorrei strapparle la gola per aver detto questo a una bambina.

Chi è questa donna, oltre a un'ex gelosa? È ovvio che sono andati a letto insieme, dal modo in cui appoggia il braccio sulla spalla di Levi o in cui le sue dita accarezzano possessivamente la sua pelle.

La mano di lui si posa fermamente sulla sua, ma non in modo affettuoso. Sta cercando di impedirle di toccarlo, o forse di metterlo in imbarazzo.

«Devi andartene, Avril,» sibila lui.

Lei sorride e saluta Amelia con la mano.

Amelia sorride e ricambia il saluto, non capendo che quella donna è la definizione stessa di guai. È anche probabilmente esperta nel creare scandali. Posso sentire il dramma che sta fermentando tra Levi e Avril.

La tensione è palpabile, ma non è di natura sessuale, almeno non da parte di Levi. La sua altra mano è stretta a pugno sul suo grembo.

Allungo la mano, prendendo la sua nella mia. «È stato davvero un piacere conoscerti, ma questo è un pranzo di famiglia, e tu non sei invitata.»

La bocca di Avril si apre, leggermente socchiusa, ed esala un soffio d'aria, una mezza risata. È sorpresa. Che sia per la mia audacia o per il fatto che non mi sono tirata indietro, non importa. Ho vinto io. Non lei.

«Non mi hai detto che eri in città,» dice Avril, le sue dita che si muovono tra i capelli di Levi. Fa scorrere le dita tra le folte ciocche scure, e giuro che vorrei lanciarmi attraverso il tavolo e buttarla a terra. La mia bestia interiore si è risvegliata.

Selvaggia.

Primordiale.

Sono pronta a combattere per Levi.

«Perché avrei dovuto?» chiede Levi.

«Per i vecchi tempi?» dice Avril con una scrollata di spalle, fingendo che Amelia ed io non fossimo nemmeno al tavolo. «Non sembri molto il tipo da padre. Perché stai con una donna che ha un figlio?»

Levi si alza, ringhiando mentre afferra Avril per il polso e la trascina lontano da Amelia e me. Non riesco a sentire cosa viene detto, e sto cercando davvero di ascoltare la loro conversazione.

«Non mi piace quella signora,» interviene Amelia, abbastanza forte perché tutto il ristorante possa sentire.

«Sì, neanche a me,» dico.

«Pensi che papà uscirà con lei, Orsetta Clare?»

Non credo sia così stupido da cadere in quella trappola, almeno non di nuovo. «No, non è il suo tipo.» Almeno, spero che non sia più il suo tipo, perché Avril e io non ci assomigliamo per niente. E non voglio dire alla bambina che vado a letto con suo padre.

Ma stiamo insieme?

Nessuno ha parlato di esclusività.

Mi muovo a disagio sulla dura sedia di legno. Cosa farò se decidesse di uscire con lei?

E se volesse portarla nell'appartamento?

Faccio una smorfia. Mi farebbe dormire sul divano? No, probabilmente insisterebbe per andare a casa di Avril per evitare Amelia e me.

Avril porta la mano al viso di Levi come se gli stesse accarezzando la guancia e fosse sul punto di baciarlo.

Trattengo bruscamente il respiro, incapace di guardare, ma non riesco nemmeno a distogliere lo sguardo.

Lui le abbassa la mano, le indica di andarsene, poi si alza e la accompagna verso l'uscita, prendendola da parte.

«Quella donna è una minaccia,» mormora, tornando al suo posto al tavolo.

«È piuttosto... è quello il tuo tipo?» chiedo.

Non rientro nello schema se gli piacciono le donne rosse e stronze come quella.

«Oh, no. Non lo so,» balbetta, e si passa una mano tra i capelli. È nervoso? «È solo un'amica.»

«Non mi piacciono le tue amiche,» dice Amelia.

Il cameriere porta il nostro pranzo al tavolo, e sono sicura che Levi sia grato per la tregua dalle nostre domande, mentre tutti ci mettiamo a mangiare.

«Sì, neanche a me,» commento, dando un morso al mio sandwich. Dovrei tenere la bocca chiusa e non intervenire in quella conversazione già complicata, ma non posso farne a meno. Voglio che risulti agli atti che Avril non mi piace.

«Wow, tutte e due?» dice Levi. «Me lo aspetto da lei,» fa un cenno verso sua figlia, «ma anche da te?»

«Dico le cose come stanno.»

«Era solo sorpresa che io abbia una figlia.»

«Sì, sono sicura che fosse quella la sorpresa,» mormoro sottovoce.

«Cosa significa?» chiede Levi, fissandomi con lo sguardo.

Allungo la mano verso il bicchiere, sorseggiando l'acqua, con la bocca secca. Non riesco a pensare. Rispondere. Replicare.

«Allora?» chiede Levi, prima di dare un morso al suo sandwich. Sta aspettando che io risponda.

«Quella donna praticamente ti si stava buttando addosso ed è stata offensiva verso tua figlia.»

«Sì, non mi piace,» interviene Amelia, assicurandosi di esprimere la sua opinione. «Non uscire con lei, papà. Non è molto gentile. Non voglio che diventi la mia mamma. Voglio che Orsetta Clare sia la mia nuova mamma.»

Con un morso intero di sandwich in bocca, i miei occhi si spalancano, e tutto quello che posso fare è masticare. Sono un po' grata di non poter parlare, perché questa conversazione è appena diventata ancora più imbarazzante.

Gli occhi di Levi si stringono. «L'hai messo tu in testa queste cose?» chiede, indicando Amelia.

Aspetto un secondo e ingoio l'ultimo boccone, prendendo un po' d'acqua per mandarlo giù prima di parlare. «No, certo che no.»

Perché se la prende con me? «Di cosa stai parlando?»

«Matrimonio. Essere la madre di Amelia. La bambina non se lo può essere inventata da sola.»

«Levi, abbassa la voce,» dico. Mi sembra che diversi tavoli ci stiano fissando.

«Andiamo a letto insieme una volta e cosa, vuoi che ti metta un anello al dito? Sei la tata, Clare. Non dimenticarlo mai.»

Mi alzo. Non posso sopportare il suo atteggiamento o la sua arroganza.

«Dove stai andando?» esige.

«Ho bisogno di fare una passeggiata,» dico, con la sedia che scivola da sotto di me mentre mi alzo e mi allontano dal tavolo.

«Siediti. Stai facendo una scenata,» sibila.

«No, Levi. Sei tu quello che sta facendo una scenata.»

Se avessi avuto contanti, avrei lasciato abbastanza per la mia parte del conto. Dato che Levi è libero per il resto della giornata, lascio Amelia alle sue cure. Che facciano pure quello che vogliono. Ho bisogno di tempo per me stessa per calmarmi.

CAPITOLO 10

Levi

«Che cos'era quella scenata?» rimprovero Amelia dopo che Clare se n'è andata.

Mi fissa con i suoi occhi azzurro brillante e le ciglia spesse e scure. È facile capire perché qualcuno potrebbe scambiare Amelia per la figlia di Clare.

Ma Avril si sbagliava. Amelia è *mia*. E glielo ho fatto capire quando l'ho presa da parte e l'ho sgridata per aver parlato in quel modo alla mia tata e a mia figlia.

Avril e io avevamo un'intesa esplosiva, ma era puramente fisica. Quando sapevo che sarei venuto in città, la contattavo e ci vedevamo per passare la notte insieme dopo il lavoro.

Ma non ho mai voluto di più con Avril.

«Sei cattivo,» dice Amelia, incrociando le braccia sul petto.

«Finisci il pranzo,» le rispondo, indicando con un cenno il piatto davanti a lei.

«No.»

La bambina è decisamente ribelle.

Emetto un lungo sospiro, esausto. Potrei dare la colpa al jet lag, ma credo la causa sia tanto Clare quanto l'incontro con Avril.

Avril ha sempre dichiarato apertamente di voler trasformare i nostri incontri in qualcosa di più. Non che dovessimo vivere nella stessa città o nemmeno nello stesso paese, ma voleva essere legata abbastanza a lungo per avere qualcuno che si prendesse cura di lei. Che pagasse le sue bollette. Cercava uno sugar daddy.

Posso essere un padre vero, ma non sono interessato a interpretare l'altro ruolo, motivo per cui non riesco a capire cosa diavolo sia appena successo.

La madre di Amelia è appena morta. Perché parlerebbe di volere una nuova madre? Non ha senso. La bambina dovrebbe essere in lutto.

A meno che Clare non abbia messo quel pensiero nella testa di mia figlia mentre parlavo con Avril. È l'unica spiegazione sensata.

Clare ha detto ad Amelia di dire che voleva lei come madre, non Avril.

Amelia scoppia in lacrime, con il labbro inferiore proteso in avanti e imbronciato.

Con un sospiro esausto, sposto indietro la sedia da sotto il tavolo. «Vieni qui, Amelia.»

«Voglio Orsetta Clare ,» dice, con lacrime pesanti che cadono rapidamente dai suoi occhi, come un acquazzone nel pieno dell'estate che scatena la sua furia.

«Va tutto bene. La vedremo quando torniamo in albergo.» Non riesco a immaginare che possa andare altrove. È ancora la tata di mia figlia, e non ha molti soldi con sé. La carta prepagata che le ho dato potrebbe permetterle qualche notte in un altro hotel, ma farebbe fatica a prendere un volo dell'ultimo minuto per tornare a casa.

«Sei cattivo,» dice Amelia, e prendo un tovagliolo pulito, asciugando le lacrime e il naso che cola di mia figlia.

«Non cercavo di essere cattivo. Stavo solo dicendo la verità. C'è una differenza.» Non che mi aspetti che Amelia capisca completamente.

Ho sempre donne che competono per le mie attenzioni, che mi vogliono solo per il mio portafoglio e non per chi sono.

Clare non è così. Almeno, pensavo non lo fosse. Forse Avril mi ha messo dei dubbi in testa che prima non avevo.

Prendo Amelia in braccio e mi risiedo al tavolo. I suoi singhiozzi sono silenziosi, meno drammatici, ma ancora emotivamente intensi.

«Mi prometti che Clare non ti ha istigato a farlo?»

«A fare cosa?» Tira su col naso e strofina il moccio sulla mia camicia. Sono contento di essermi cambiato prima di incontrare le ragazze al Louvre.

«Hai detto che volevi Clare come mamma. Perché l'hai detto?»

«Mi piace Orsetta Clare ,» dice Amelia. «È gentile con me. E so che la mia vera mamma mi ama ancora, ma non posso stare con lei.» Le lacrime ricominciamo a scendere impetuosamente, e mi rendo conto che non ha avuto molto tempo per elaborare il lutto.

Forse è questo il suo modo di affrontare il trauma.

È colpa mia, o sta ancora lottando con la perdita della madre?

Ha avuto solo un appuntamento con la psichiatra infantile, la settimana scorsa. La maggior parte di quell'incontro è stata con me, ripercorrendo la storia di Amelia e discutendo a lungo di quanto accaduto. Dopodiché, Amelia ha fatto della terapia del gioco e del disegno con la psichiatra.

Saltiamo la seconda settimana, visto che siamo in Europa, e incontrerà di nuovo la dottoressa quando torneremo.

Accarezzo la schiena di Amelia, cercando di consolarla nel modo migliore che conosco. Non ho dovuto affrontare un lutto a un'età così giovane come la sua. Tutto questo è nuovo anche per me.

Lei nasconde il viso contro il mio petto, bagnandomi la camicia di lacrime e moccio. Non m'importa. Posso cambiarmi quando torniamo in hotel.

Mangio la maggior parte del mio pranzo, e Amelia mangia meno di quanto vorrei, ma dubito che farà di più finché piange ed è turbata in questo modo. Probabilmente, deve aver perso l'appetito.

«Hai finito?» le chiedo.

Lei annuisce, e il cameriere ci porta altri tovaglioli con uno sguardo comprensivo. «Grazie,» dico. Asciugo le lacrime di Amelia e la aiuto a soffiarsi il naso.

Prendiamo il resto della giornata con calma, trovando alcuni macaron e souvenir per Amelia da portare a casa. Le lacrime si fermano, ma non sembra ancora la bambina allegra e solare di sempre.

Porto Amelia per un po' prima di lasciarla camminare accanto a me. Soprattutto dopo aver riempito diverse borse con nuovi giocattoli e peluche, diventa difficile trasportare lei e i souvenir fino alla camera d'albergo.

Saliamo con l'ascensore e uso la chiave per sbloccare l'accesso alla suite.

Il viaggio dura solo pochi secondi mentre veniamo catapultati direttamente all'ultimo piano. Scendendo dall'ascensore, accompagno Amelia all'interno e appoggio le borse della spesa sul pavimento vicino al divano. Mi occuperò di sistemare tutto più tardi. Potrei dover comprare una valigia extra per far entrare tutto per il viaggio di ritorno.

Amelia si precipita nella mia camera da letto. «Orsetta Clare!»

Seguo mia figlia e vedo Clare che sta chiudendo la sua valigia sul pavimento, rimettendola dritta mentre afferra il manico, trascinandola sul pavimento.

«Dove stai andando?»

«Dovrei probabilmente prendere un'altra stanza,» dice. «Il divano non sarà comodo per nessuno di noi due.»

«Nel caso te lo fossi dimenticata, non c'erano altre stanze o letti disponibili,» le ricordo.

Lei esala un respiro profondo. «Giusto.» Clare guarda la porta come se stesse valutando se andarsene o meno

«Resterai qui con noi.» Non voglio che le venga in mente di andare in un altro hotel.

«Va bene.» Trascina la valigia verso la porta aperta che conduce al soggiorno.

Le blocco l'uscita.

«Dove stai portando il tuo bagaglio?» chiedo.

«Se proprio vuoi saperlo, lo stavo portando nella mia stanza.»

«Nella tua stanza,» ripeto. Pensavo avessimo già stabilito che sarebbe rimasta qui in hotel nella suite.

«O il divano letto o il pavimento nella stanza di Amelia,» dice Clare, chiarendo che nessuna di quelle opzioni include condividere un letto con me.

«La mia stanza!» esclama Amelia, non rendendosi conto che è la peggiore delle due opzioni. Il divano letto deve essere più comodo; anche se non è particolarmente morbido, è sempre meglio del pavimento. La moquette è stata lavata ma non sostituita da decenni. Anche con una coperta extra sul pavimento, sarebbe duro e disgustoso.

«Possiamo parlare?» chiedo.

«Penso che tutto ciò che doveva essere detto oggi sia stato detto a pranzo.» Clare stringe il manico del suo bagaglio.

Non mi muovo dallo stipite della porta.

È difficile avere questa conversazione intensa e intima davanti a mia figlia. Devo trovare una distrazione per Amelia, una che non comporti che la tata giochi con lei ma ignorando me.

«Amelia, è ora di fare i compiti. Prendi il tuo tablet dal tavolino del soggiorno.» Ho collegato il dispositivo alla presa questa mattina prima di uscire per la riunione. Ha avuto tutto il tempo di caricarsi.

Lei brontola e prende il suo iPad, portandolo sul divano per fare i compiti. Abbiamo rivisto come accedere ai compiti e lei è piuttosto intuitiva nell'usarlo. Si mette le cuffie per ascoltare le istruzioni dell'insegnante.

Ora abbiamo un po' di privacy.

«Rimetti a posto la tua valigia,» dico, inchiodando Clare con il mio sguardo infuocato.

Sbuffa e la spinge a lato del letto mentre si ferma a pochi centimetri da me. «Non c'è nulla da dire,» mi sfida, il suo sguardo intenso quanto il mio.

«C'è molto da dire.» Mi avvicino, riducendo la distanza tra noi. Con Amelia occupata, posso parlare apertamente con Clare. «Per cominciare, stavi pensando di licenziarti?»

«Cosa? No.» Spalanca la bocca. «Te l'ho detto, volevo prendere una stanza separata così non dobbiamo condividere lo stesso letto, e tu puoi portare su quella rossa o chiunque altro vuoi. Non ti sarò d'intralcio.»

Ringhio e mi sporgo nel suo spazio personale, le mie dita che si avvolgono tra i suoi capelli, inclinando il suo sguardo verso l'alto per farle incontrare il mio. «Non c'è nessun'altra che voglio, Clare. Ficcatelo in quel tuo bel cranio testardo.»

Lei sbuffa. «Wow, che complimento.» I suoi occhi mi lanciano un'occhiataccia, e cerca di divincolarsi, ma io stringo la presa, non lasciandola andare così facilmente. La mia altra mano le circonda la vita, tenendola stretta contro di me.

Voglio che senta l'effetto che ha su di me. Questi non sono sentimenti che provo per nessun'altra.

«Smettila di cercare di usare il tuo fascino su di me,» mi rinfaccia. Le guance di Clare sono rosse, e mi chiedo se non sia stata la mossa sbagliata. Potrebbe schiaffeggiarmi o colpirmi per essere stato troppo diretto.

Ciò non farebbe male quanto il fatto che se ne vada o si licenzi.

Non glielo permetterò. Amelia ha bisogno di lei quasi quanto me.

«Pensi che sia affascinante?» dico, cercando di stemperare la situazione.

Il suo naso si contrae, ed è assolutamente adorabile. Ma le sue guance non si schiariscono. Anzi, diventano ancora più rosse. Allento la mia intensa presa sui suoi capelli e passo le dita tra le ciocche, prima di guidare la mano sulla sua guancia.

«Un tempo pensavo che fossi affascinante finché non ho conosciuto Avril.»

Clare non gira intorno al problema. È una delle cose che di solito amo di lei. Ma in questo momento, mi rende nervoso.

Avril è stata un errore. Una lunga lista di donne con cui sono andato a letto e con cui non avevo alcun legame emotivo. «Lei appartiene al mio passato, Clare. Non sono venuto a Parigi per andare a letto con lei.»

«Lo so. Non sono ingenua, ma non mi piace che qualunque problema tu abbia con lei, l'hai scaricato su di me.»

Inspiro bruscamente. «È giusto,» dico. Almeno, credo che stia arrivando alla radice del problema. «Amelia mi ha sorpreso prima, e Avril continuava sempre a insistere perché le dessi un anello, per farle la proposta.»

«Vuole i tuoi soldi,» dice Clare, realizzando il collegamento. «Io non sono Avril. Non voglio i tuoi soldi. Nel caso te lo fossi dimenticato, mi stai pagando vitto e alloggio per fare da tata ad Amelia. Nient'altro.»

Odio quanto abbia ragione. Persino quando avevo dato a Clare diverse centinaia di dollari per togliersi dai piedi mentre il mio fastidioso fratello minore era a casa, lei li aveva spesi tutti per mia figlia e non per sé stessa, che era l'intento originale del denaro.

«Dovrei pagarti uno stipendio per il tuo lavoro,» dico. Ci avevo pensato quando non l'avevo licenziata dopo la prima settimana, ma non avevamo più parlato di finanze o di quale conto utilizzare per inviarle i soldi.

Era stata tutta colpa mia. Ero stato preso dal viaggio a Parigi e dall'hotel che siamo interessati ad acquistare.

«Non voglio i tuoi soldi.» Clare muove i piedi nervosamente. «Quando torniamo a New York, dovresti assumere una nuova tata. Qualcuno con maggiori qualifiche.»

«Cosa?» Non posso credere a ciò che sto sentendo. «Clare, no.»

«Non dipende da te. Mi dimetto. Ti darò abbastanza preavviso perché tu possa assumere qualcun altro e fare tutti i colloqui necessari, ma questo accordo tra noi deve finire.»

Le mie mani si staccano dalla sua pelle come se lei fosse fuoco e io ghiaccio. Non posso affrontare questo, non ora, non quando ho un incontro importante questa settimana e devo concentrarmi sui dettagli dell'affare. Faccio un passo indietro e mi passo le dita tra i capelli.

Il mio cuore fa male, e lo stomaco si agita. Mi dirigo verso la porta d'ingresso.

«Dove stai andando?» chiede Clare.

«Fuori.» Non posso affrontarla. Se vuole che questo sia strettamente professionale, allora può badare a mia figlia e concentrarsi sull'essere la miglior tata possibile finché Amelia è ancora sotto la sua cura.

Scendo con l'ascensore ed esco furioso, avendo bisogno di aria fresca per aiutarmi a riprendermi e concentrarmi.

Ma tutto ciò a cui riesco a pensare è il suo corpo sotto di me, le sue dita che mi affondano nella schiena, graffiandomi.

Una notte, e dovrò dimenticare che sia mai accaduto.

Una dannata notte fantastica. La migliore che abbia mai avuto. E non era solo l'atto in sé ad essere esplosivo, era *lei*. Il fatto che mi sto innamorando perdutamente di una ragazza di cui non dovrei importarmi.

È la tata di mia figlia.

Per non parlare della differenza d'età. Inoltre, io sono il fottuto capo. Il *suo* capo. Andarci a letto è stato un errore.

Anche se è stato incredibile, in senso buono. Nel miglior senso possibile. Forse ciò che succede a Parigi dovrebbe restare a Parigi. Possiamo allontanarci da quanto accaduto e fingere che fosse solo un sogno, una fantasia?

Cammino a passo deciso attraverso la città, fino a quando le mie gambe sono stanche ma non doloranti quanto il mio cuore per la ferita che gli ho causato andando a letto con la mia dipendente.

Certo, siamo comunque due adulti. Entrambi sapevamo cosa sarebbe potuto succedere.

Non mi aspettavo che Avril apparisse e rovinasse tutto. Torno verso l'hotel quando le gambe mi fanno male e bruciano. Mantengo il passo, con il sudore che mi imperla la fronte.

Clare non chiama né manda messaggi. Non che mi aspetti che lo faccia. Amelia dovrebbe essere distratta con i compiti, e con le cuffie addosso. Spero non abbia sentito la nostra discussione.

Davanti a me, posso vedere l'alto edificio del nostro hotel, dietro l'angolo. Attraverso la strada di corsa e giro, andando a sbattere direttamente contro Avril.

Per l'amor del cielo. Devo affrontarla due volte in un giorno?

«Questo deve essere uno scherzo,» mormoro.

«Davvero, è così terribile essere in mia presenza?» chiede Avril. I suoi occhi sono freddi ma seducenti mentre mi afferra il braccio. «Tua figlia non è nei paraggi?»

«È all'hotel con la tata,» dico. Scuoto via la sua mano dal mio braccio. Non sono interessato a ricominciare nulla con Avril. Era un'amica di letto, nient'altro. Avevamo sempre concordato di mantenerla sul piano casual tra noi. Anche se quella era stata più una mia decisione. Lei voleva un anello, un matrimonio esotico e le cifre del mio conto in banca.

Le sue dita cercano il mio petto, la sua mano morbida e delicata mentre cerca di sedurmi. Di solito, indosso un abito, una cravatta, e lei è riservata, anche se è una recita. «Vuoi venire a casa mia?» chiede Avril, diretta su ciò che vuole.

«Apprezzo l'offerta, ma non posso farlo.»

«A causa della tata o di tua figlia?» chiede Avril.

«Entrambe.» Faccio una smorfia e decido che non risponderò più alle sue domande. Torno verso l'hotel, volendo allontanarmi da Avril ed entrare per rinfrescarmi, riposarmi e magari anche prendere una birra e fare una doccia.

Avril coglie l'allusione e mi lascia stare. Forse capisce che è finita, che ho chiuso con qualunque cosa ci fosse tra noi. Amici con benefici? Non siamo mai stati amici. Abbiamo semplicemente abbracciato la parte dei benefici di quell'accordo.

Sono sicuro di avere l'odore dell'aria aperta a causa della mia camminata. I miei piedi sono doloranti, e mi tolgo le scarpe appena arrivo al piano attico.

Amelia è ancora sul divano davanti al suo tablet, intenta a lavorare ai suoi compiti e ai suoi esercizi.

Clare è in piedi accanto al frigorifero che sta prendendo una bottiglia d'acqua. Alza lo sguardo quando entro, notando che sono tornato, ma non dice nulla.

Il suo silenzio mi spezza il cuore in mille pezzi.

«Mi dispiace,» dico, desiderando poter cancellare gli errori che ho commesso.

«Per cosa?» chiede Clare. Apre l'acqua e ne beve un sorso, senza mai distogliere lo sguardo dal mio.

Non le rispondo, almeno non ancora.

«Ti stai scusando perché hai dormito con me, per quello che hai detto, o forse perché mi hai assunta in primo luogo e hai capito che errore è stato?» Le sue labbra stringono la bottiglia d'acqua, e inclina la testa all'indietro.

Cazzo, anche il modo in cui beve l'acqua mi fa avere un'erezione.

«Non mettermi parole in bocca,» dico, strappandole la bottiglia. Ne prendo un sorso, assetato e desideroso di nasconderle la vera ragione del mio malumore.

Perché non riesco a spegnere quella parte di me? Non dovrei desiderare così tanto di vederla nuda.

Diamine, l'ho già vista quando abbiamo fatto la doccia insieme e l'ho sentita quando eravamo avvinghiati tra le lenzuola ieri notte.

Gli occhi di Clare si stringono e mi passa accanto, prendendo una seconda bottiglia d'acqua dal frigorifero, dato che sono stato uno stronzo e le ho rubato la sua.

Non discute. Mi aspetto che lo faccia, ma non succede.

Il silenzio è quasi troppo da sopportare.

«Non importa. Ti ho visto per strada con quella rossa.»

«Cosa?» Non posso credere a quello che sto sentendo.

Indica le finestre enormi. Non hanno tende e, mentre offrono una magnifica vista sulla Torre Eiffel, permettono anche di vedere la strada sottostante.

«State pianificando un appuntamento per stasera?» chiede. «Se è così, dimmi solo quando e posso portare Amelia fuori per un dessert o per una passeggiata.»

Giuro che c'è un accenno di gelosia nel suo tono. È questo che la fa arrabbiare? Pensa che io voglia avere a che fare con Avril? Perché non è così.

Avril che si è presentata vicino all'hotel non è stata una coincidenza. Sa che questo è uno dei posti dove alloggio. Ci sono diversi hotel, e in ciascuno di essi avevo pianificato di soggiornare alcune notti per espandere il nostro marchio in Europa.

Ma viaggiare con Amelia attraverso l'Europa sembra troppo in questo momento, specialmente con Clare che ci accompagna. Dovrò programmare un'altra visita per le altre proprietà individuali quando le cose si saranno sistemate e potrò dedicar loro più attenzione.

Devo concentrarmi su mia figlia, soprattutto se ciò implica anche trovarle una nuova tata quando torniamo a casa.

«Non ho appuntamenti con nessuno,» sibilo mentre le mie mani si stringono a pugno lungo i fianchi. «Non ho cercato io Avril. Ce la siamo solo trovata davanti.»

«E poco fa, fuori?»

«Meno casuale, ma non l'ho invitata io. Non voglio avere niente a che fare con lei.» Bevo un lungo sorso d'acqua, reidratandomi. «Mi dispiace che ti senta insicura per quello che c'è stato tra noi, ma non è lei la donna con cui voglio scopare.»

La bocca di Clare rimane spalancata. «Sei un bastardo,» dice, e mi passa davanti, diretta verso la camera di Amelia. Senza dubbio sta cercando di nascondersi da me.

Non glielo permetto.

Le afferro il polso e la tiro di nuovo tra le mie braccia, facendola girare per guardarmi. «Non abbiamo finito.»

Lei inspira un respiro tremante, guardandomi. Dà un'occhiata fugace alle mie labbra e poi al mio sguardo infuocato.

«Non avrei dovuto dire quello che ho detto al caffè. Mi dispiace.»

«Questa è una pessima scusa,» dice Clare, liberandosi dalla mia presa. «Non puoi comportarti da stronzo e poi fingere che tutto vada bene dieci minuti dopo. Sono ancora arrabbiata con te!»

Perché questa donna è così dannatamente irritante?

«Lo so, capisco,» dico. «Ma devi vederla dal mio punto di vista...»

«Non è affatto necessario,» mi interrompe Clare.

Perché mi fa innervosire così facilmente? Non dovrebbe importarmi. È stata una notte selvaggia e passionale, ma niente di più.

Eccetto che è fantastica con Amelia, e questo mi fa sentire ancora più legato a lei, emotivamente e fisicamente. Il modo in cui si prende cura di mia figlia, è parte della sua persona. Non posso semplicemente allontanarmi da questo.

«Non accetto la tua lettera di dimissioni,» dico.

«Cosa?» Il suo sopracciglio si alza. «È perché non ho accesso a un computer e non posso scriverti fisicamente una copia cartacea? Perché lo farò appena torniamo a casa andando in biblioteca.»

«No.» Alzo la mano. «Non ti licenzierai. Sei la cosa migliore che sia capitata ad Amelia. La bambina sta eccellendo in così tanti modi.» Non voglio pensare a come sarà senza Clare e con la sua sostituta che cercherà di interagire con lei.

Non sono sicuro che mia figlia possa affrontare un'altra transizione.

Di certo, non voglio un'altra tata che viva sotto il mio tetto, prendendosi cura di mia figlia.

Voglio Clare.

CAPITOLO 11

Clare

Levi è esasperante!

Come può non accettare le mie dimissioni? Non sono negoziabili. Non sto cercando di rimanere assunta e convincerlo a pagarmi di più anche se, francamente, il miliardario è un avaro maledetto. Non mi ha pagata un centesimo oltre vitto e alloggio.

Dovrei farmi una bella sessione di shopping con la carta *Passport Currency* che mi ha dato. Spendere tutto in articoli di lusso che dovrà portarsi a casa in aereo per me.

Pfft. Che fantasia. Non c'è alcuna possibilità che si offra di portarmi la borsa sull'aereo dopo questa settimana.

Quest'uomo mi odia, e io non ho fatto niente di sbagliato. È come se stesse attraversando una SPM, sindrome premestruale maschile.

Anche se ammetto che non mi piace la rossa, e vederla toccarlo fuori dall'hotel ha decisamente scosso le acque.

Trascorriamo a malapena due minuti insieme per il resto del viaggio, e ripartiamo prima del previsto, probabilmente perché Levi ha dormito sul divano.

È ancora più scontroso e impossibile da frequentare. Almeno, Amelia ha le sue cuffie e il film per tenersi occupata durante il volo.

Il mio eReader si scarica. Immagino che l'adattatore economico abbia fatto qualcosa per friggere il dispositivo, quindi sono costretta a guardare fuori dal finestrino, evitando qualsiasi conversazione con Levi.

Dato che non voliamo da un aeroporto principale, non posso nemmeno prendere un libro tascabile nella lounge dell'aeroporto. Che sfortuna.

Levi percorre avanti e indietro l'aereo. È irrequieto e agitato. È colpa mia?

Lo guardo, apro la bocca, ma ci ripenso.

Ho fatto un buon volo con lui e un altro che è stato un inferno. Non voglio una ripetizione del nostro primo incontro. Chiudo gli occhi, fingendo di dormire e ottenendo qualche minuto di riposo.

Levi smette di camminare, fermandosi nel corridoio proprio accanto al mio posto. Posso sentire la sua presenza. Mi sta fissando o sta rimuginando su qualcos'altro?

Sono io. Deve essere così, perché andare d'accordo sembra un'impresa impossibile.

«Stai dormendo?» chiede, ma conosce la risposta.

I miei occhi si aprono di scatto e mi giro a guardarlo. «A quanto pare no.»

«Vuoi davvero costringermi ad assumere una nuova tata per Amelia?»

Siamo ancora su quella discussione? Sospiro e mi passo una mano tra i capelli. Slaccio la cintura di sicurezza e mi alzo, volendo essere al suo stesso livello, beh, più vicina al suo. È comunque parecchio più alto di me.

«Non mi vuoi intorno, Levi. Riesci a malapena a guardarmi.»

La sua lingua esce e preme contro l'angolo delle labbra. «Non è vero.» Mi fissa, cercando di dimostrare il suo punto, ma posso percepire la lotta interiore. La sento anch'io. È troppo pesante, troppo intenso. Troppo da sopportare.

«Non avremmo dovuto andare a letto insieme» dico. È questo che lo infastidisce, no? Il rimorso. È l'unica emozione che ha senso dato il suo comportamento.

«Hai ragione.» È brusco. L'ho infastidito di nuovo? «Beh, non dobbiamo preoccuparcene, dato che non accadrà più.»

Cerco di nascondere la mia delusione. «Probabilmente è meglio così. Voglio dire, non è stato poi così bello.» È una bugia, e mi allontano da lui per lasciarmi cadere di nuovo sulla poltrona in pelle, guardando fuori dal finestrino.

Siamo ben al di sopra delle nuvole. Non c'è molto da vedere. Inoltre, l'oceano è l'unica cosa intorno per chilometri e chilometri.

«È questo che pensi davvero?» chiede Levi. Si avvicina al mio posto, bloccando il corridoio. Non che io abbia intenzione di alzarmi di nuovo.

«Mi stai dando della bugiarda?» chiedo, guardandolo dal basso, sfidandolo. È stato scontroso. Restituirglielo è tutto ciò che posso fare per affrontarlo.

Il suo sguardo si irrigidisce. «Sto dicendo che ti sbagli. Sei così arrabbiata con me che non riesci nemmeno a ricordare quanto sia stato bello il sesso tra noi.»

«Non era così bello.» Un'altra bugia. Non sono convinta nemmeno io, ma mi sforzo di sorridere. «Fidati, Levi. Ho avuto di meglio.»

«Chi?»

«Sul serio? Vuoi dei nomi?» Sono scioccata che non se ne vada lasciandomi in pace.

«Hai detto che eri sposata, e che tuo marito era un disastro a letto.»

«L'ho detto?» Alzo le spalle e vorrei davvero avere un libro da fingere di leggere in questo momento. Il finestrino non è poi così interessante, e Levi non è abbastanza stupido da pensare che lo sia. «È stato prima di lui.»

Stringe le labbra. «Posso fare di meglio.»

«Cosa?» dico, lanciandogli un'occhiata.

«Se pensi che il sesso tra noi fosse mediocre, posso fare di meglio. Ero sotto pressione, con Amelia nella stanza accanto, ed essere con te per la prima volta mi ha fatto perdere la concentrazione.»

Mi copro la bocca per non scoppiare a ridere. Il sesso non era mediocre. Era bello come il peccato e mi ha fatto battere il cuore fino a farmi temere che esplodesse.

Non che intenda però lusingare il suo ego o cose del genere.

«Sì, ad essere sincera, ho dovuto fingere.» Un'altra bugia, e questa volta i suoi occhi si spalancano.

«Mi stai prendendo in giro,» dice Levi. «Ora so che stai mentendo. So distinguere tra una donna che viene e una che finge.»

«Davvero? Ne sei sicuro?» Mi ci vuole tutta la forza che ho per mantenere un'espressione seria. Non sono sicura che le mie guance non mi stiano tradendo, perché il piccolo aereo è di qualche grado più caldo di quanto non fosse qualche minuto prima.

«Donna.» Il suo sguardo si fa più duro, e mi scruta. «Mi stai dicendo che non hai provato niente? Perché so che le tue mutandine erano bagnate prima che ti lecessi attraverso di esse.»

«L'idea di te era sexy,» dico, schiarendomi la gola, dopo aver momentaneamente perso la voce. «Ma tu e io a letto... è stato un disastro.»

C'è del vero in questo. Deve vederlo. Non possiamo stare insieme. È troppo possessivo ed esigente. Troppo autoritario, anche fuori dal lavoro. Mi ha accusato di aver piantato cosa, il seme della mamma nella testolina di Amelia? Che tipo di mostro pensa che io sia?

Ah, giusto, una di quelle *gold digger*. Beh, si pentirà di scoprire che non voglio i suoi soldi. Non li ho mai presi per spenderli per me stessa.

Buona fortuna a trovare un'altra tata brava la metà e che non lo faccia solo perché lui è un miliardario.

«Non ti credo,» dice Levi.

«Non mi interessa.» Alzo le spalle e mi sposto sulla sedia.

È pensieroso, e accidenti, quando è arrabbiato, è ancora più attraente. Non è giusto quanto quest'uomo sia irresistibile, specialmente nei momenti in cui non è minimamente affascinante.

«Baciami.»

«Cosa?» Incontro il suo sguardo. Come può un bacio dimostrare qualcosa?

«Se pensi che sia scarso a letto, il minimo che puoi fare è baciarmi per dimostrare che non c'è chimica.»

È solo un bacio. Posso fingere disinteresse. «Va bene.» Mi alzo e mi spazzolo le gambe come se ci fosse dello sporco su di me dopo essere stata seduta tutti e cinque i minuti mentre parlavamo.

Sto cercando di distrarmi dal fatto che Levi è pura sensualità. Invece di un completo, indossa jeans attillati e una maglietta nera che gli sta perfettamente. Ha pianificato tutto questo, vestendosi in un modo che mi avrebbe fatta sentire ancora più attratta da lui? Dovrebbe essere un reato.

La sua mano afferra il mio braccio con forza, tirandomi più vicina. Ma non mi trascina nel corridoio. Invece, mi tiene tra il mio sedile e il finestrino.

Tutto quello che devo fare è baciarlo e fingere che non significhi nulla.

Niente di che.

Ci siamo comunque già baciati in altre occasioni. Inoltre, voglio ancora licenziarmi, lasciarlo e dimenticare la sua accusa che mi ha ferita nel profondo. Un bacio non può cancellare quel dolore.

Una mano mi afferra il braccio mentre l'altra sale sulla mia guancia, spostando i miei capelli dietro l'orecchio mentre prende la mia bocca come se mi reclamasse.

Mi bacia, e io non ricambio, le mie labbra non gli danno ciò che vuole.

«Wow, davvero nessuna scintilla.» Sorride compiaciuto e mi dà una pacca sul sedere.

La mia bocca si apre per lo shock, e lui si avvicina di nuovo, questa volta vincendo il premio ambito.

Mi bacia, spingendo la lingua dentro la mia bocca, e sebbene io sia sbalordita e sorpresa, riesce a sciogliere il ghiaccio attorno al mio cuore. E lo odio per questo.

Levi non dovrebbe essere in grado di baciarmi fino alla sottomissione e ottenere ciò che vuole.

Non si ferma lì. Le sue dita si intrecciano tra i miei capelli, afferrando le ciocche, approfondendo il bacio. La mano che era sul mio braccio si sposta sul fianco, tirandomi a sé mentre le sue dita scendono sui miei fianchi e sul sedere. Mi accarezza attraverso i vestiti. L'abito azzurro in chiffon non è stata la scelta migliore per un volo lungo, e specialmente durante un litigio colossale con il Brontolone.

Non si è avventurato sotto il vestito, non oltrepassando alcun limite senza prima chiedere, e mi ha chiesto di baciarmi. Questo è tutto ciò che mi ha dato, anche se rasenta il pomiciare.

La mia testa è tra le nuvole con il bacio, il mio corpo è in fiamme, ma non voglio che lui veda o senta l'effetto che ha su di me.

Levi si tira indietro. «Fammi indovinare, niente. Sei una regina di ghiaccio, fredda come il marmo.»

Gli do una pacca sul braccio. «Non fare lo stronzo.»

«Sei tu quella che ha detto che non ti faccio nessun effetto.»

Si aspettava che cadessi in ginocchio? Indietreggio, allontanandomi da lui e mi dirigo verso il mio posto.

«Non abbiamo finito,» dice Levi.

«Oh, abbiamo finito eccome, *Ladro di Mutandine*. È finita.» Il suo sguardo s'indurisce, e apre la bocca per rispondere, ma poi scuote la testa. Suppongo che ne abbia avuto abbastanza delle mie risposte impertinenti. Si dirige verso il suo posto ma non si siede.

Mi ignora per il resto del volo.

Più il silenzio si protrae, più mi rendo conto di quanto sono stata crudele con lui e probabilmente anche con il suo ego. Deve essere ferito, preoccupato che anche tutte le altre donne prima di me stessero fingendo.

Ma questo non lo rende meno stronzo per le cazzate che ha fatto al caffè. Dovrei davvero lasciar perdere. Sono sempre stata un po' rancorosa. Non è il tratto migliore, e vorrei poter lasciar scivolare via i ricordi dolorosi dalle mie spalle. Invece, penetrano sempre, ricordandomi che non sono abbastanza per nessuno.

Queste però non erano le parole di Levi, ma quelle di Zander.

Non voglio che Levi pensi che sia io la stronza. Anche se sono arrabbiata, non dovrei riversare tutta la mia rabbia su di lui. Mi alzo e mi dirigo verso il suo posto.

Ha un giornale e sta quantomeno fingendo di essere interessato a qualunque articolo stia leggendo. O forse è in grado di concentrarsi con qualcuno che lo fissa dall'alto, che incombe su di lui. Non sono mai stata brava in questo. Mi distraggo facilmente.

«Sì?» chiede, ma non alza lo sguardo verso di me.

«Mi dispiace,» dico, sentendomi distrutta. Sta soffrendo, e questa volta è colpa mia.

«Per cosa? Non puoi farci niente se sono pessimo a letto.»

Faccio una smorfia e mi pizzico il ponte del naso. «Sai che non è vero.»

«Non ho bisogno della tua pietà, Clare. Torna a sederti al tuo posto.»

Potrà anche essere ciò che vuole che io faccia, ma non seguo i suoi ordini. Quando mai ho ascoltato e fatto ciò che mi chiedeva?

«Ho detto quelle cose solo per vendicarmi di te per avermi ferita.» Lo fisso, aspettando che alzi lo sguardo e mi rivolga la sua attenzione. «Era tutto falso.»

«Quindi sei una bugiarda?» mi lancia, alzando lo sguardo verso di me con pugnali negli occhi.

Alzo le spalle. «Se è così che vuoi chiamarmi.» Non vincerò questo round. Nessuno di noi due lo farà. Siamo entrambi troppo testardi e caparbi.

Levi si morde il labbro inferiore. «Che ne dici di una tregua? Mettiamo in pausa le questioni sessuali e tu torni a fare da tata ad Amelia?»

Emetto un pesante sospiro. «Hai vinto.»

Lui solleva un sopracciglio, incerto su cosa intendo. Scuote la testa, aspettando che io elabori.

«Rimarrò come sua tata.»

CAPITOLO 12

Levi

Sono sollevato quando torniamo a New York e posso evitare di essere rinchiuso in una cabina d'aereo con Clare. Almeno, la casa è più grande della suite dell'hotel. Non devo condividere un letto con lei, figuriamoci una suite.

Peccato che non siamo ai lati opposti della casa, anche se sto considerando di trasferire i suoi alloggi se non riuscirò a dormire abbastanza.

Amelia è ignara della tensione tra noi. È densa e impossibile da tagliare mentre facciamo del nostro meglio per evitarci a vicenda.

Sono davvero così stronzo? Forse vivere con me è un inferno, ma non è una passeggiata nemmeno vivere con Clare. È tutta sorrisi e sole.

Siamo completamente opposti.

Lei è vivace e spensierata. Io mi attengo a programmi e affari, anche quando non sono al lavoro. Non passo tanto tempo con Amelia durante la prima settimana dal mio rientro, non perché non voglia, ma perché sono occupato a gestire il contratto per l'hotel di Parigi.

Il posto ha bisogno di molti lavori e, per il prezzo, mi aspettavo un'esperienza migliore. Non che l'esplosione relazionale fosse colpa loro. Tuttavia, l'intero viaggio mi lascia l'amaro in bocca.

Forse dovrei mandare Connor a esaminare i vari hotel la prossima volta. Anche se onestamente non mi fido di lui con quel livello di responsabilità, e forse è meglio così, visto quello che Clare mi ha confidato.

Non ho mai ottenuto il nome della ragazza che ha molestato e licenziato. La mia assistente, Nancy, doveva scavare nei registri di impiego e cercare di ottenere un nome, ma il numero di dipendenti che hanno lasciato è assurdo. Non abbiamo mai avuto un ricambio così alto in nessun'altra sede.

Connor è il problema.

Forse sono i fratelli Luxenberg il problema. Non è che io abbia gestito bene le cose con Clare, comunque.

Nancy mi chiama nel mio ufficio. «Sua madre sta chiamando di nuovo, signore.»

Gemo e getto indietro la testa. «Non puoi passarla alla segreteria telefonica?»

«Continuerà a chiamare. Vuole conoscere Amelia.»

Nancy sta seriamente prendendo le parti di mia madre? «Va bene.» Prendo la chiamata, pur non avendo alcuna voglia di parlare con lei in questo momento. Ho bisogno di essere di buon umore e questa settimana sta precipitando nella direzione opposta.

«Ehi, mamma,» dico, forzando un sorriso.

«Pensavo che mi avresti chiamato una volta tornato in città.»

Esalo un sospiro. «Sono stato occupato, ma so che vuoi conoscere Amelia.»

«Voglio vedere anche mio figlio,» dice allegra. «Ma sì, vorrei conoscere mia nipote. Puoi venire a cena stasera?»

Se dico di no, probabilmente si presenterà comunque a casa. Non è insolito per lei fare visite a sorpresa. Sono fortunato che non si sia già presentata dal nulla alla mia porta.

«Sì, cena stasera a casa mia. Puoi venire verso le sette?» chiedo.

«Le sette? Santo cielo, Levi. A che ora metti a letto la bambina?»

È stata Clare a stabilire l'ora di andare a letto e mettere Amelia a dormire. Non sono stato molto presente con il lavoro.

«Sarò lì alle cinque,» dice. «Così avrai tutto il tempo per ordinare del cibo da asporto e darmi più tempo con la mia nipotina.»

«Ha cinque anni, mamma.»

Riaggancio e finisco tutto quello che posso in ufficio, afferrando il telefono e chiamando Clare. Non voglio sorprenderla, anche se di solito le mando un messaggio.

«È tutto a posto?» chiede Clare, rispondendo al telefono. «Di solito non chiami.»

«Mia madre ci ha teso un'imboscata per cena stasera.»

«Oh,» dice Clare, con voce dolce. «Hai bisogno che sparisca per qualche ora?»

Aggrotto le sopracciglia. Perché dovrebbe pensare una cosa del genere? «No, sa che ho una tata per Amelia. Va benissimo se ci sei. Ordinerò del cibo da asporto. C'è qualcosa che ti va?»

Inspiro bruscamente, rendendomi conto che le mie parole potrebbero facilmente avere un altro significato.

Lei non abbocca, o forse lascia correre. «Italiano, sushi, cinese, qualsiasi cosa va bene. Puoi mandarmi un link al menu, così scelgo qualcosa da mangiare?»

«Non ti piace quando ordino per te?»

«Quando ordini cibo da asporto per me, compri troppo cibo. Abbastanza da sfamare l'intero quartiere, e andrà a male prima che possiamo mangiarlo tutto come avanzi.»

Ha ragione. «D'accordo, ti invierò un menu appena restringerò le nostre opzioni di ristoranti. Sono tentato di scegliere il sushi perché mia madre si rifiuta di mangiare pesce crudo.»

Clare ridacchia. «Sei cattivo!»

«Ehi, si è autoinvitata a cena. Io sono solo quello che prende il cibo.»

«E che lo ordina,» dice Clare.

Riaggancio e mando un messaggio a Clare con il menu di un ristorante di sushi dietro l'angolo. Hanno piatti meravigliosi oltre al sushi. Quando si avvicinano le cinque, faccio l'ordine e chiedo a Douglas di ritirarlo sulla strada di casa dal lavoro.

Entro dalla porta principale. Mia madre si è già autoinvitata. Sono le cinque e due minuti.

«Caro, non mi avevi detto che la tua tata è splendida e divertente,» dice mia madre, abbracciandomi quando mi saluta.

Sorrido con finta innocenza. «Non l'avevo notato. È

la tata di Amelia, non la mia.» Lascio cadere la borsa del cibo da asporto sul tavolo da pranzo.

La tavola è già apparecchiata, e immagino che Clare abbia contribuito ad aiutare. Prende i piatti dalla borsa, aprendoli uno ad uno mentre io afferro le posate adeguate e distribuisco le bacchette.

«Pesce crudo?» dice mia madre, e si schiarisce la gola.

Amelia alza un sopracciglio. «Ti sei dimenticato di cuocere la cena?»

«No, tesoro, si mangia così,» dice Clare, e separa le bacchette di legno. Prende un involtino e lo porta nel suo piatto prima di dargli un morso.

Prendo un pezzo di ogni tipo per far provare Amelia. Non avevo nemmeno considerato che potesse non aver mai mangiato sushi prima. Non ricordo di aver mai mangiato sushi con Katelyn, sua madre, ma è passato così tanto tempo.

Amelia pungola il suo involtino, indecisa se vuole provarlo o meno.

«Come l'hai trovata questa ragazza?» chiede la

mamma, indicando Clare. «È carina e va d'accordo con la bambina.»

«Storia divertente, ma non ideale da raccontare durante la cena,» dico, cercando di cambiare argomento. «Ed è fantastica con Amelia.»

«Ero un'insegnante di asilo,» dice Clare, «ho un po' di esperienza con i bambini schizzinosi a tavola.»

«Non sono schizzinosa,» ribatte Amelia, e si infila il pezzo in bocca usando la mano. I suoi occhi si spalancano quando si rende conto di aver preso il pezzo piccante, e lo risputa sul piatto.

«Non credo le piaccia il granchio piccante,» dice Clare.

«Piccante! Piccante!» Amelia si fa vento alla bocca, e la sua lingua sporge come se stesse ansimando.

Provo un pezzo di granchio piccante, e ha un buon livello di piccantezza, ma non è male. Era stata una delle richieste di Clare. Spero non le dispiaccia che condividiamo tutti gli involtini.

«Prova questo,» dice Clare, mettendo un pezzo di involtino all'avocado sul suo piatto.

Amelia lo prende, lo esamina e lo annusa prima di metterselo in bocca.

«Clare, se non ti dispiace che te lo chieda, quanti anni hai, venti?»

«Ventisette,» risponde, «non credo avrei potuto lavorare all'asilo mentre ero ancora al liceo.»

«Oh, giusto,» dice la mamma. «Sei così giovane. Onestamente, pensavo che quando Levi ha detto di aver assunto una tata, sarebbe stata qualcuno di un po' più anziana.»

«Ti preoccupa la mia esperienza?» chiede Clare. È diretta e non ha paura di mia madre. Mi piace.

«No, semplicemente non mi aspettavo qualcuno così giovane. Visto che il mio ragazzo ha appena compiuto quarant'anni, pensavo avrebbe cercato qualcuno più vicino alla sua età.»

Inclino la testa, fissando mia madre. Sta seriamente cercando di sistemarmi con la tata? Con quella donna non esistono limiti. «È la tata, non la donna che porto a letto.»

Beh, non più.

«Bene,» dice la mamma. «Complicherebbe le cose, e la differenza d'età, mio Dio. Sarebbe a malapena appropriato.»

«Appropriato?» Guardo da mia madre a Clare. «Siamo adulti. Quello che decidiamo di fare o non fare dipende completamente da noi. E poi, perchè stiamo avendo questa discussione?»

Clare sorride e si infila in bocca un altro pezzo di sushi. Sta evitando di parlare. Intelligente. Vorrei poter fare lo stesso.

«Voglio solo vedere mio figlio felice, sistemato. Hai una bambina, e sarebbe bello se avessi un'altra persona con cui condividere quella gioia nella tua vita.»

«Ti giuro, mamma, se provi a presentarmi di nuovo una delle tue amiche della chiesa...»

«Non lo farò, promesso. Ma ho conosciuto questa meravigliosa signora al gruppo di flauto, e ha una figlia che ha più o meno la tua età, Levi.»

Quando sarà mai abbastanza per mia madre? La sua costante intromissione nella mia vita privata è estenuante. Ho cercato di essere un buon figlio, andando a trovarla e cenando insieme. Ma lei adora fare da mezzana. Pensa forse che non riesca a procurarmi i miei appuntamenti? Che non sia abbastanza capace di trovare l'amore da solo? La cosa peggiore è che non fa quelle cose anche con Connor.

«Basta così!» sbotto.

«Stavo solo cercando di aiutare.»

«Ti stai intromettendo,» dico, puntandole contro le bacchette. «E la smetterai, se vuoi rivedere tua nipote prima del suo ventunesimo compleanno.»

Sono grato quando la cena finisce e la mamma finalmente se ne va. Clare si offre di portare Amelia di sopra per farla fare la doccia e prepararla per la nanna. Le lascio gestire le responsabilità di prendersi cura della mia bambina. Non solo è la tata, ma mi fido di lei. Per non parlare del fatto che ho bisogno di una pausa.

Sono esausto dal lavoro, e avere a che fare con mia madre ha reso la mia serata ancora peggiore. Ma non sono pronto per dormire. Non sono nemmeno lontanamente pronto per andare a letto. E come un idiota, prendo una tazza e accendo la macchina per l'espresso. L'acqua si riscalda prima che io possa premere il pulsante per l'infusione.

«Caffè a quest'ora?» la voce di Clare mi fa sobbalzare. «Stai cercando di non dormire?»

Do un'occhiata all'orologio. È quasi mezzanotte. La mamma se n'è andata ore fa, ma mi sento ancora fuori fase. «Qualcosa del genere,» dico.

Clare ha dormito in questi giorni?

Almeno uno di noi ci riesce. Io ho a malapena dormito più di un paio d'ore a notte. Potrei incolpare il jet lag, ma siamo a casa da una settimana, e non ha nulla a che fare con il fuso orario e tutto a che fare con la donna in piedi davanti a me, in una maglietta lunga che le copre fino alle cosce.

Ha i capelli arruffati e si strofina gli occhi come se si fosse appena svegliata.

«Mal di testa?» azzardo, cercando di capire perché sembra mezza distrutta e sexy da morire.

Il mio membro si agita.

Calmo, ragazzo. Non è il momento.

«Qualcosa del genere.» Evita il mio sguardo, distante e distratta. I suoi occhi sono rossi, gonfi.

Ha pianto? La serata è stata così terribile anche per lei?

«Cosa c'è che non va?» chiedo, e faccio una smorfia. Se dice che sono io, non credo che potrò vivere con me stesso. So che l'ho ferita. Lei mi ha ferito a sua volta. Se dice che è mia madre, posso scusarmi e prometterle che non dovrà mai più avere a che fare con quella donna odiosa. «È per mia madre?»

«Cosa? Certo che no.» Si asciuga una lacrima vagante dalla guancia. «Tua madre è stata gentile. Era quasi dolce.»

«Mamma che fa da mezzana non è dolce.»

Clare si stringe nelle spalle. «Vuole solo il meglio per suo figlio. Ti ama.» Un'altra lacrima le scivola sulla guancia.

«Cos'hai?»

«È stupido,» sussurra, e la sua voce si spezza mentre le lacrime le brillano negli occhi. Incrocia le braccia sul petto e scaccia le lacrime, ma continuano a cadere.

Vorrei abbracciarla, stringerla, tirarla contro di me e alleviare il suo dolore. Ma non sarebbe appropriato, dato che sono pur sempre il suo capo.

«Dimmelo,» dico. «Chiunque ti faccia piangere non merita le tue lacrime.»

Trattengo momentaneamente il respiro, sperando di non essere io il motivo.

«È il mio ex,» dice Clare, e la sua voce si incrina mentre le lacrime le piovono sulle guance.

Abbasso la guardia e la stringo tra le mie braccia. «Cosa ha fatto?» Il mio stomaco sprofonda al pensiero che qualcuno possa far del male a Clare.

«Cosa non ha fatto?» dice, e si asciuga l'umidità dalla guancia prima di alzare lo sguardo verso di me. «Mi ha telefonato, lasciato messaggi sul cellulare, inviato immagini inappropriate.»

Il sangue mi ribolle e le mie mani si chiudono a pugno. «Fammi vedere il tuo telefono.»

Lei si muove nervosamente e lo prende dal bancone della cucina, spingendolo nelle mie mani. Mi aspetto che le immagini inappropriate siano foto del suo membro o altre volgarità, ma invece trovo minacce di morte, ed è chiaro che la sta perseguitando.

«Da quanto tempo?»

«Cosa?» chiede, momentaneamente confusa.

Scorro le immagini e i messaggi, cercando di determinare quando sia iniziato tutto. È successo dopo il nostro ritorno dall'Europa?

«Da quanto tempo ti minaccia?» chiedo.

Clare sospira e si appoggia contro il bancone. «Non lo so. Non è mai davvero finita. Mi dispiace, avrei dovuto avvertirti. Voglio dire, vivere sotto il tuo tetto mette a rischio te e tua figlia.»

«Abbiamo un sistema di sicurezza di prim'ordine. Nessuno può entrare senza che io lo sappia. Sono preoccupato per te, però. Sembri non aver dormito da quando siamo tornati da Parigi.»

«Probabilmente perché non l'ho fatto,» dice, e abbassa lo sguardo, trascinando le dita dei piedi sul pavimento. «I messaggi erano meno frequenti, come se non sapesse dove fossi e forse non gli importasse. Appena atterrati, hanno cominciato ad arrivare a ritmo record.»

«La prima cosa domani sarà cambiare il tuo numero di telefono.»

Scorro le immagini minacciose. La maggior parte sono di natura grafica, suggestive e intimidatorie. Una foto di nastro adesivo e corda. Un cappio.

Sono le immagini scattate fuori dalla casa che mi mettono in allarme.

Ci sono foto dal cancello esterno, scattate sia in pieno giorno che di notte.

«Sa dove viviamo?» Le foto vengono usate per intimidire Clare. Apro i messaggi recenti del suo ex, e il mio stomaco si contrae.

Ti è sempre piaciuto un po' rude. Il tuo nuovo fidanzato sa cosa mi chiedevi di fare a letto?

Clare non ha risposto ai suoi messaggi. Ci sono una foto dopo l'altra e poi un altro messaggio.

Questo è solo preliminare, baby. Ho intenzione di legarti e dare una lezione a te e a quella mocciosetta.

Rimuovo la batteria e la scheda SIM. Tuttavia, è un po' troppo tardi per questo. Chiaramente deve aver tracciato il suo telefono.

Prendo il mio telefono dalla tasca della giacca. Sono ancora vestito per il lavoro anche se dovrei prepararmi per andare a letto. Chiamo Declan, un mio amico dai tempi in cui entrambi eravamo nell'esercito. Si trova nell'ovest, in Montana, e lavora per una società di sicurezza privata. Se qualcuno può offrire dei consigli, è lui, e mi fido implicitamente di lui.

Almeno a Breckenridge è un po' più presto.

«Pronto?» risponde Declan.

«Ho bisogno di un favore.»

«Neanche un "ciao, come stai?"»

Borbotto. «Ciao, come stai, Declan?»

Lui ridacchia, e c'è qualcosa nel suo tono che non riconosco del tutto. È felicità? «Sono con l'amore della mia vita. Stavo bene finché non hai chiamato. Mi stai trascinando fuori dal letto?»

«Sono appena passate le dieci,» dico. «E l'amore della tua vita? Ti sei sposato?» Non sapevo che stesse frequentando qualcuno.

«Non mettere strane idee in testa a Katie,» dice Declan con una risata.

Si muove, e immagino che stia uscendo dal letto per dirigersi verso il suo ufficio in casa. Ne ha uno, vero? Non vado a casa sua da quando viveva sopra il suo garage e possedeva l'unica officina di riparazioni auto in città.

Ha lasciato quei giorni alle spalle anni fa, ma possiede ancora l'officina, lasciando che qualcun altro gestisca gli aspetti quotidiani.

«Katie,» ripeto. Il nome suona familiare. «Aspetta. È quella ragazza per cui ti disperavi quando eri a casa durante l'addestramento?»

«Sta' zitto!»

Evidentemente ho toccato un tasto dolente. Un sorriso si allarga sul mio volto. «Il motivo per cui chiamo è che ho bisogno di un favore. La mia tata è perseguitata dal suo ex.»

«Siamo troppo lontani per andare a dargli una lezione,» dice Declan, «ma se vuoi mandare il tuo jet privato, saremmo felici di farti questo onore.»

Mi passo una mano tra i capelli. «Non era quello che avevo in mente.» Anche se, ora che lo ha menzionato, forse sarebbe una buona idea tenere lontano quel bastardo.

«Allora cosa posso fare per te?» chiede Declan.

Clare mi fissa, osservandomi per tutto il tempo. Il suo labbro inferiore è stretto tra i denti, si morde la pelle fino a farla diventare rossa. Allungo la mano, passando il pollice sul suo labbro, cercando di fermare quel gesto, non volendo che si faccia male.

«Ho bisogno di tutto ciò che puoi scoprire su questo tizio. Qualsiasi scheletro nell'armadio. Mandati di arresto. Qualunque cosa tu possa trovare.»

«Non ne ha,» dice Clare.

«Cercheremo gli scheletri nel suo armadio,» dice Declan. «Capito. Ma posso dare un suggerimento? Potresti offrirgli dei soldi per andarsene. Se sta infastidendo la tata, offrirgli una somma di denaro per lasciarla in pace e abbandonare New York. Mettilo per iscritto, e se mai dovesse tornare, puoi minacciare di fargli causa per violazione del contratto.»

«Non è un po' drastico? New York non è uno stato piccolo,» dico.

«È più piccolo del Texas, per esempio. Comunque, questo è il mio parere. Ma facci un favore e non suggerirgli di venire in Montana. Abbiamo già abbastanza guai di cui occuparci. Non ha senso portarne altri nella nostra città.»

«Ci penserò. Ma nel frattempo, puoi fare quel controllo approfondito?» chiedo.

«Mandami le informazioni del tizio via messaggio. Più dettagliate sono, meglio è.»

«Lo farò.» Riaggancio, e Clare mi dà il suo nome completo, data di nascita e numero di previdenza sociale. Se avessi saputo che aveva tutte quelle informazioni, avrei potuto scherzare con Declan sulla vendita dei dati di quel farabutto sul mercato nero. «Anche Zander suona come un nome pomposo da stronzo,» mormoro quando mi dice il suo nome.

«Chi è Declan?» chiede Clare. Apre il frigorifero e prende una bottiglia d'acqua, bevendo un sorso.

La macchina per l'espresso era pronta ma ora è silenziosa e in modalità standby. È quello che dovrei fare io, dormire. Invece, la riaccendo e aspetto un altro paio di minuti che il sistema si riscaldi.

«Un vecchio amico militare. Abbiamo servito insieme.»

«Non sapevo che fossi stato militare,» dice Clare. «Che corpo?»

«Esercito.»

Lei stringe le labbra, e ci vuole tutta la mia forza di volontà per non baciarla e farle dimenticare il suo pessimo ex.

Solo guardarla fa contrarre il mio cazzo, e sono grato di non essere in boxer che rivelerebbero quanto facilmente me lo fa diventare duro.

«Mi dispiace di non aver menzionato i messaggi prima. Pensavo che dopo il divorzio mi avrebbe lasciata in pace. Soprattutto non sapendo dove vivessi.»

Mi passo una mano tra i capelli, cercando di rimanere calmo. «Non metterà piede qui. Sono più preoccupato per Amelia a scuola e quando siete in giro per la città.»

Forse c'è un fondo di verità nel far volare qui la squadra Eagle Tactical per sistemare il bastardo che ha minacciato la tata di mia figlia.

Ma Declan potrebbe avere ragione, e offrirgli una buonuscita per lasciare la città, lo stato, e stare lontano da Clare potrebbe essere la soluzione migliore.

La polizia non farà nulla con un ordine restrittivo. Ho visto quanto poco viene fatto in termini di protezione. Assumerò altre guardie per sorvegliare le ragazze quando sono fuori casa. Ho già tutti i filmati di sorveglianza monitorati e vengo avvisato ogni volta che qualcuno si avvicina alla proprietà recintata.

«Potrei conoscere alcuni modi per impedire a quest'uomo di infastidirti,» dico.

Gli occhi di Clare si restringono. «Dimmi. Non puoi andare a picchiarlo.»

«Hai sentito quel suggerimento?» chiedo, sorpreso che avesse colto così tanto da mezza conversazione.

L'espresso gocciola nella tazza, e sorseggio la bevanda calda. Il mio corpo si scioglie per il gusto e la temperatura. Non è buono quanto le labbra di Clare contro le mie, ma è la seconda cosa migliore.

«No, ma a una mia amico, il suo fidanzato si è offerto di seppellire il mio ex,» dice. «Ha scherzato dicendo che aveva una pala nel bagagliaio.»

«Questo burlone lavora per la Bratva?» Immagino che non fosse uno scherzo vero e proprio ma un'offerta di eliminare il tipo.

«Non posso rivelare tutti i miei segreti.» Porta di nuovo la bottiglia d'acqua alle labbra per un altro sorso. «Espresso dopo mezzanotte. Dormi mai?»

Non ho dormito molto da quando sono tornato a casa. «Il sonno è sopravvalutato.» Soprattutto se significa rigirarsi tutta la notte, sentendo la mancanza del caldo corpo di Clare contro il mio.

Una notte con lei è bastata per distruggermi.

Lei allunga la mano verso il mio espresso, e penso che stia per prenderne un sorso, invece lo getta nel lavandino, porgendomi la sua bottiglia d'acqua. «Bevi.»

«Era un espresso perfettamente buono,» mormoro.

Sto cercando di fare un favore alla ragazza, e lei deve rendere la mia vita miserabile. Perché?

«E tu sembri non dormire da una settimana. Ti sto mettendo a letto. Affrontare Zander può aspettare fino a domattina.» Clare mi prende per mano e mi conduce al piano di sopra nella mia camera da letto.

«Devo anche metterti sotto le coperte?» chiede, quando non metto piede nella mia camera.

È fredda.

Solitaria.

E non è dove voglio dormire, a meno che lei non sia avvolta nelle lenzuola accanto a me. Ma abbiamo concordato che è meglio restare capo e dipendente. Lei è brava con Amelia, e non posso rischiare di perderla.

Almeno così la vedo ogni giorno, anche se non passo del tempo con lei, le parlo a malapena e mi ritrovo disperatamente bisognoso di una doccia fredda.

«Da quando sei tu quella al comando?» Fisso i suoi occhi. Appoggio la mano sullo stipite della porta, ma non faccio quello che vuole.

«Beh, ho messo a letto tua figlia.» Clare alza le spalle, e le sue guance si arrossano. «Suppongo che non sia molto diverso mettere a letto un uomo adulto.»

Gemo al suo commento. Non è quello che voglio, che mi mandi in camera da letto. «Mi metterai anche a letto, quindi?» chiedo, con voce roca. Non dovrei essere tentato di flirtare con lei. L'ultima volta che siamo finiti a letto insieme a Parigi è andata malissimo.

«Levi.» Il suo tono contiene un avvertimento serio, ma le sue guance sono in fiamme.

La maglietta che le avvolge il corpo è troppo lunga. Vorrei poter sbirciare le sue mutandine. Sta indossando quelle di pizzo rosso che mi ha accusato di aver rubato? Cosa non darei per far scorrere le mie dita lungo la giuntura della sua coscia e sopra il tessuto.

Sarebbe bagnata per me. La sua figa gonfia e il suo clitoride che implora di essere toccato.

«È una domanda legittima. Metti a letto mia figlia ogni sera,» dico, e lei abbassa lo sguardo, evitando di guardarmi.

Non accetto il suo silenzio. Le faccio alzare il mento per farla guardare verso di me, una mano nei suoi capelli, avvicinando le sue labbra alle mie.

«Ti ho desiderata fin da quella stupida lite,» dico, senza fiato.

La tensione cresce e brucia. Si morde il labbro

inferiore. «Davvero? Potresti avere qualsiasi ragazza, Levi. Non credo che tu voglia me.»

«Credici,» ringhio, e la tiro più stretta, lasciandole sentire il mio membro che preme contro i pantaloni. «Ti ho desiderata dal momento in cui indossavi quel reggiseno viola trasparente e non ho mai smesso di volerti. Cazzo, ti volevo anche prima di quell'incidente.»

«Quando ti ho fatto quasi arrestare?» scherza.

Non sto sorridendo, ma sollevo un sopracciglio. «No, da quando hai aiutato a fare il bagno ad Amelia e ti sei bagnata tutta. Eri maledettamente attraente allora, e sei ancora più sexy ora che conosco la vera te.»

«La vera me?» sussurra.

«Ti nascondi dietro le tue insicurezze, ma sei stupenda, divertente, fantastica con Amelia, e faresti qualsiasi cosa per mia figlia. Cazzo, ti ho dato dei soldi da spendere per te stessa, e sei andata a spenderli in giocattoli e libri per Amelia. Non conosco nessun altro che l'avrebbe fatto. Sei generosa e gentile, anche se sei testarda e devi sempre avere ragione.»

«Le tue lusinghe non ti porteranno da nessuna parte,» dice Clare con un sospiro. «Mi hai ferita quando mi hai accusata di essere un'arrampicatrice sociale.»

Non avevo usato esattamente quelle parole, ma era quello il senso. «E mi dispiace.» Lo intendo davvero. «Te lo compenserò per il resto della mia vita, ma abbiamo entrambi colpe. Hai detto parole terribili e dolorose durante il volo di ritorno.»

«È vero,» dice Clare, e abbassa lo sguardo sulle mie labbra. «Non avrei dovuto dire quelle cose. Non erano vere. Ero ferita e volevo solo reagire. Non è stato giusto da parte mia né corretto nei tuoi confronti.»

«Sei sicura che non ci fosse un briciolo di verità?» chiedo. «Va bene se non hai sentito che il sesso tra noi fosse orgasmico. Voglio dire, è passato un po' da quando sono stato con una donna e non si trattava solo di scopare.»

«Non so cosa rispondere a questo,» sussurra Clare.

«Faremo meglio.» Sfioro le mie labbra teneramente contro le sue. «Se non è stato buono, leggerò ogni libro, guarderò ogni film, seguirò ogni corso...»

La dolcezza nella sua voce è scomparsa. «Cosa? Col cavolo che lo farai. Non farai nessuna di queste cose senza di me.» Le sue braccia mi circondano il collo, tirandomi vicino, le nostre labbra vicine ma senza ancora baciarsi.

Lei aspetta, e io sono quasi al limite della pazienza nel prolungare il nostro bacio.

Voglio piantare le mie labbra sulle sue e ascoltare i suoi gemiti. Non dobbiamo per forza tornare subito a letto. Possiamo prendercela con la calma che desidera. Purché sia mia.

Copro le sue labbra con le mie, duro e ruvido, le mie dita nei suoi capelli, spingendola contro il legno della porta.

Geme, un suono delizioso. Sa di miele e vaniglia e profuma in modo ancora più incredibile. Voglio assorbirla, divorarla fino a quando entrambi siamo disperati per l'aria.

Le sue mani si aggrovigliano sui miei vestiti, cercando di slacciare il mio completo e tirare fuori la camicia dai pantaloni.

Afferro la maniglia della porta, la apro, facendola indietreggiare nella mia camera da letto. Non voglio che Amelia ci senta fuori nel corridoio come due adolescenti eccitati.

Mi tolgo la giacca e la cravatta, appoggiandole su una sedia vicina. Sfilo la camicia mentre Clare mi aiuta a togliermi i pantaloni, liberando la fibbia della cintura e poi la cerniera. Fa scivolare il tessuto verso il basso, e cade ai miei piedi sul pavimento.

Mi libero dai pantaloni e resto solo con i boxer. Lei osserva la scena e trattiene il respiro mentre mi abbasso i boxer e li calcio via.

«Tocca a te,» dico, tirandola vicino e stretta contro di me. Le mie dita sono ruvide e accaldate mentre scorro sul suo torso nudo, portando la maglietta sopra la sua testa. I suoi seni sono la prima cosa che vedo, ed è ancora più meravigliosa e invitante dell'ultima volta che lo abbiamo fatto.

Il mio sguardo percorre il suo corpo, e cado in ginocchio, all'altezza delle sue mutandine di cotone blu. Lascio un sentiero di baci caldi e gentili sul suo stomaco e giù fino alla giuntura delle sue cosce, baciando la sua pelle.

Le abbasso le mutandine, lentamente e metodicamente, senza darle la piena attenzione che desidera dove la vuole di più. Lascio cadere baci leggeri sulle sue cosce, dietro le ginocchia, e ascolto i suoi respiri e i sussulti mentre accendo i suoi desideri.

Le sue dita si intrecciano nei miei capelli, e l'aiuto a sfilarsi dalle mutandine prima di sollevarla e portarla sul letto.

Ridacchia, e spero che qualunque cosa la stia facendo ridere non rovini l'atmosfera.

CAPITOLO 13

Clare

Non ho mai avuto un uomo che mi prendesse in braccio, letteralmente.

«Mettimi giù,» strillo mentre mi porta al letto, ma è troppo tardi. Sono già sul materasso, e lui non sembra minimamente affaticato.

Levi si arrampica sopra di me, a cavalcioni, ma si prende il suo tempo.

I suoi occhi sono luminosi, è come se un fuoco fosse stato attizzato e del combustibile gettato sulle braci ardenti. Il calore tra noi sfrigola, e non sono sicura di quanto riuscirò a sopportare questo stuzzicamento.

«Hai usato il tuo vibratore di recente?» chiede Levi, sorridendo maliziosamente mentre mi guarda dall'alto.

Lo stomaco ha un sussulto e trattengo bruscamente il respiro.

Devo rispondergli onestamente o dirgli che non l'ho ancora toccato?

Ci metto troppo a rispondere, e Levi mi gira prima che io capisca cosa stia succedendo. Sono sulla pancia e lui sta strofinando il suo grande palmo sul mio sedere nudo. «Te lo chiederò di nuovo, e questa volta, mi aspetto che tu risponda.»

«Mmm.» Guardo oltre la mia spalla verso di lui, e si china, lasciandomi un segno, mordendomi il sedere.

Lancio un urlo e gemo, rendendomi conto che la sensazione è un buon tipo di dolore. È diverso da qualsiasi cosa abbia mai provato.

Dove diavolo ha imparato a fare questo?

«Devo sculacciarti?» chiede Levi con una risata roca.

«Cosa? Lo faresti davvero?» Cerco di girarmi, ma lui mi impedisce di muovermi e preme il suo membro tra le mie cosce. Il suo peso mi intrappola, ma è così dannatamente piacevole.

«Rispondi alla domanda, *tesoro*,» sussurra nel mio orecchio, le sue labbra che baciano e succhiano il lobo. Sa esattamente cosa fare per farmi sentire formicolante.

«Sì,» sussurro, e affondo il viso nel cuscino.

«E a chi stavi pensando quando premevi quel grazioso vibratore rosa tra le labbra della tua figa?»

Gemo. Il contatto con il suo corpo è travolgente e assolutamente peccaminoso. Non m'importa più che sia il mio capo. Faremo funzionare questa cosa, dobbiamo farlo, perché non posso vivere senza lui nella mia vita.

Non che io sia pronta ad ammetterlo liberamente.

«A te, signore,» dico, ricordando come una volta mi aveva detto che voleva essere chiamato signore. Non ero sicura se fosse un feticismo o meno, ma lui si strofina contro di me, compiaciuto della mia risposta.

La sua mano accarezza con fermezza il mio culo, e non sono sicura se stia per giocare con me, stuzzicarmi, o darmi ciò che desidero disperatamente: liberazione.

«Brava ragazza,» dice, e mi fa rotolare. La mia testa affonda nel cuscino. Guardo nei suoi occhi azzurri.

Levi sfiora le mie labbra con le sue, assaporandomi avidamente, la sua lingua che spinge oltre le mie labbra mentre le sue dita si muovono attraverso il mio fianco e su per lo stomaco. Il suo tocco è allettante e lento, memorizzando ogni dettaglio finché non raggiunge il mio seno.

Si sposta giù sul materasso, accarezzando il mio seno, le sue labbra che si muovono sul mio capezzolo. La sua lingua fa meraviglie, rendendomi irrequieta sotto di lui.

Le mie dita giocano tra i suoi capelli e giù per il collo, portando la sua bocca alla mia.

Lo voglio.

«Rallenta,» ordina Levi con un sorriso malizioso.

Quest'uomo si diverte a giocare con me? Il mio cuore sta correndo. Il mio corpo sembra essere in fiamme, e lui vuole rallentare?

Guida la mia gamba destra sulla sua spalla mentre traccia baci dal retro del mio ginocchio, su per la coscia interna. Sale più in alto, lentamente, con le labbra che lasciano un soffice sentiero, la sua lingua appena un sussurro sulla mia pelle.

È questa la vendetta per quello che ho detto sull'aereo?

Me lo merito.

Può torturarmi fino alla fine dell'eternità, purché io possa inseguire il mio orgasmo con lui. «Cazzo, ci stai mettendo un'eternità,» mormoro a denti stretti.

«Sto assaporando ogni centimetro di te,» dice Levi. I suoi occhi si fissano nei miei e l'aria viene risucchiata dai miei polmoni.

Non è solo un ladro di mutandine. È un ladro di cuori e respiri. Guida la mia gamba sinistra sulla sua spalla, dedicando la stessa adeguata attenzione su per la mia gamba, lentamente e con uno scopo preciso.

«Assapora qualcos'altro.»

Lui ridacchia, chiaramente compiaciuto. «È colpa

tua, Clare. Hai insistito sul fatto che non ti ho dato abbastanza attenzioni l'ultima volta.»

Cazzo.

No, letteralmente, è l'unica cosa che non mi sta dando.

Gemo e mi copro il viso con la mano. Non avrei mai pensato che stare in paradiso con Levi potesse essere una tortura così.

Con una mano, mi afferra il polso, sollevandolo sopra la mia testa e bloccandolo sul materasso. «Se devo immobilizzarti, sarà difficile leccarti. Farai la brava bambina per me?»

«Sì, signore,» squittisco, sentendomi sciogliere dentro mentre lui allenta la presa sul mio polso.

«Brava piccola.» Sorride, e una fossetta che non avevo mai notato prima risplende prima che si abbassi per baciare il mio centro.

Sono in fiamme, la sua lingua fa meraviglie, facendo dolere e pulsare il mio interno. Le mie dita s'intrecciano nei suoi capelli, le unghie graffiano la sua pelle mentre mi porta sempre più vicino al limite. Voglio Levi, ogni centimetro di lui, stretto dentro di me.

Il mio respiro diventa affannoso mentre il cuore martella contro la gabbia toracica. Le stelle si allineano davanti ai miei occhi e brillano tutt'intorno a me.

Afferro le lenzuola tra i pugni, le dita dei piedi si arricciano, si tendono e tremano nel suo abbraccio.

Non rallenta. Non si ferma, sapendo esattamente ciò di cui ho bisogno mentre mi porta oltre il limite.

Quando finalmente mi riprendo, lui si sposta sul materasso e apre il comodino, cercando un preservativo.

Ha il cazzo duro e lucente. E l'ho appena sfiorato.

«Tocca a me,» dico, tirando il suo braccio, cercando di trascinarlo verso il bordo del letto mentre mi preparo a mettermi a quattro zampe.

Un gemito basso, gutturale esce dal fondo della sua gola mentre lecco il suo membro, la mia lingua che circonda la punta prima di prenderlo in bocca.

Lo succhio, portandolo più in profondità mentre le mie dita stuzzicano i suoi testicoli. Lo guardo negli occhi mentre lui lotta per mantenere la concentrazione.

«Tesoro, se continui così...» ringhia, senza finire la frase. Mi afferra il braccio e tira perché mi fermi.

Libero la bocca con un gemito, e lui copre le mie labbra con le sue. «Dio, sei perfetta. Ora torna sul letto, questa volta a quattro zampe.» Mi dà una sculacciata sul sedere mentre salgo sul materasso, e le mie chiappe si contraggono.

«Ti giuro, Levi, se ti piace l'anale, te ne farò pentire.»

Lui ridacchia. «Sembra una sfida, Clare. Magari la prossima volta.»

Le sue parole *"la prossima volta "* fanno accelerare ulteriormente il mio cuore. Vuole che ci sia una prossima volta. La mia testa è nella nebbia. Agito il culo verso di lui e guardo oltre la spalla mentre strappa la confezione del preservativo e lo srotola sul suo membro.

«Faresti meglio a tenerti alla testiera,» dice, e indica con un cenno la parte superiore del letto.

Afferro le sbarre e gemo mentre Levi spinge il suo

membro dentro di me. La mia testa pende in avanti, ansimando in cerca d'aria mentre mi riempie.

«Non sono nemmeno a metà dentro di te, *tesoro*,» sussurra con voce roca. «Sei così stretta.»

La mia figa pulsa mentre mi riempie, allargandomi mentre lentamente inizia a spingere. Le mie mani stringono la ringhiera di legno, e lui inizia lentamente a ritirarsi prima di spingersi completamente dentro di me.

Boccheggio, l'intensità è travolgente, nel modo migliore possibile.

«Ti piace?» chiede, la sua voce roca e densa, piena di eccitazione.

«Sì.»

«Sì, cosa?» chiede.

«Sì, signore.»

«Brava bambina,» dice, e mi sento svenire. Il mio cuore si gonfia, e la mia figa freme contro il suo membro.

La sua testa è tra le nuvole come la mia? Vola e non vuole mai scendere.

Penso di aver appena scoperto uno dei kink di Levi, essere chiamato signore, e sono completamente d'accordo. Forse è anche uno dei miei. Forse è il fatto che è il mio capo. Non dobbiamo giocare di ruolo in questo scenario perché è reale ed è malizioso.

Spinge il suo membro in profondità dentro di me, con un'intensità feroce che mi fa tenere stretta alla ringhiera della testiera sperando che non si rompa.

Il mio interno freme e trema. Levi deve percepire che sono vicina. Con una mano, si allunga tra noi, accarezzando e stuzzicando il mio clitoride. «Dimmi, hai usato quel vibratore pensando a me questa settimana?» chiede Levi.

Giuro che il suo respiro sul mio collo e le sue dita sul mio clitoride sono la mia rovina assoluta.

«Sì!» ansimo, confessando ciò che probabilmente sapeva già.

Aveva sentito il ronzio acuto quando era dall'altra parte del corridoio?

Mi dà uno schiaffetto sulla figa e io sobbalzo. «D'ora in poi sarò io a darti gli orgasmi,» dice Levi.

Sorrido e mi mordo il labbro inferiore. «Davvero?» lo provoco, guardandolo da sopra la spalla.

«Donna,» ringhia, e scivola fuori.

Io emetto un gridolino in segno di protesta, e lui mi volta sulla schiena prima di prendermi di nuovo, spingendo il suo cazzo dentro di me. Avvolgo le gambe intorno a lui, tenendolo stretto a me, le mie unghie che graffiano la sua schiena.

«Non puoi controllarmi,» dico, guardandolo negli occhi.

«Solo i tuoi orgasmi,» chiarisce, come se questo migliorasse la situazione.

Levi non conosce i danni al mio stato psicologico e al mio cuore causati da Zander, e non è una storia da raccontare nel bel mezzo del sesso più appagante di sempre.

Non poter mai vedere i tuoi amici, la tua famiglia o avere una vita al di fuori di quella persona che hai sposato. Essere sempre tenuta sotto chiave. Mai libera.

Non rispondo, e lui mi immobilizza le braccia sopra

la testa. «Guardami,» comanda mentre continua a spingere, i suoi fianchi che ondeggiano contro i miei.

Il sudore imperla la mia fronte. Ansimo in cerca d'aria. È difficile sostenere il suo penetrante sguardo azzurro mentre la mia figa trema e si stringe intorno a lui.

Le mie gambe si serrano attorno a lui come una morsa, non volendolo lasciare andare. Tremo e ansimo, la schiena che si inarca dal letto mentre lui intreccia le nostre dita. Le mie mani stringono le sue, le dita dei piedi che si arricciano con il mio cuore che intanto batte contro la cassa toracica, cercando di liberarsi.

Ansimo per riprendere fiato, Levi è proprio lì con me. Uno, due, tre colpi in più, e si riversa dentro prima di sfilarsi, gettando via il preservativo.

Cerco di riprendere fiato, scivolando sotto le coperte.

Levi accende la luce del bagno, ed è troppo luminosa e accecante. Chiudo gli occhi e porto la coperta sopra il viso per nascondere ogni traccia di luce.

Il letto si abbassa, e Levi si infila accanto a me. Mi prende tra le sue braccia, avvolgendomi mentre mi addormento.

Il sole mi strappa dal mio sonno, svegliandomi mentre cerco di girarmi, ma la presa di Levi si stringe attorno alla mia vita. «Non ancora,» mormora.

Apro gli occhi stancamente e guardo l'orologio. «Devo preparare Amelia per la scuola.»

Levi ringhia e mi fa rotolare sulla schiena, inchiodandomi sotto di lui. «Le scriverò una nota. Sarà giustificata.»

Sorridendo, mi sollevo e lo bacio. «Non credo funzioni così. E poi, cosa scriveresti? *Mi dispiace che mia figlia non abbia potuto venire a scuola in orario perché stavo facendo sesso con la sua tata?.*»

Levi ridacchia e preme la bocca con fermezza contro la mia. «Mi piace la tua sfacciataggine. Te l'ho mai detto? La maggior parte delle persone avrebbe paura di parlarmi come fai tu.»

Alzo le spalle, non capendo il perché. È forse perché sono intimiditi dal fatto che sia un miliardario? Sono solo soldi. «Non ho nulla da perdere,» dico.

Il suo sguardo si fa più intenso. «È qui che ti sbagli,» dice, e preme le labbra contro il mio collo, tracciando un percorso verso il basso. «Ti mancherebbe questo, con me.»

Levi ha ragione. Mi mancherebbe. «Non devo preoccuparmi. Non mi lascerai dimettere,» gli ricordo.

I passi leggeri di Amelia rimbombano nel corridoio.

«La piccola tiranna è sveglia,» scherza Levi, e si sposta da me. «Immagino che il tempo dei giochi sia finito.»

Sbuffo, già sentendo la mancanza del suo corpo forte e caldo che copre il mio. «Stasera?» chiedo, sperando che questo possa diventare un appuntamento regolare tra noi due.

Levi scende dal letto e apre il cassettone, indossando un paio di boxer puliti. Mi lancia una maglietta. «Nel caso in cui lei irrompesse dalla porta, non ricordo se l'ho chiusa a chiave.»

Spalanco gli occhi e afferro la maglietta, indossandola giusto in tempo mentre Amelia salta nella stanza, ignara del fatto che io sia nel letto di Levi e di cosa significhi.

«Che ne dici se la preparo io per la scuola? Douglas la accompagnerà, e voglio scambiare due parole con lui riguardo a Z.»

«Z?» chiede Amelia.

Levi avrebbe dovuto trovare un nome in codice migliore, ma almeno lei non sa chi sia Zander.

«Non devi andare al lavoro?» chiedo. Non è compito suo preparare sua figlia per la scuola. È per questo che sono la tata di Amelia.

«Può aspettare,» dice con un sorriso. «Resta pure lì. Dammi venti minuti.»

Levi fa uscire Amelia in fretta dalla sua camera da letto e chiude la porta dietro di sé.

Mi metto seduta e allungo la mano verso il comodino, aprendolo, curiosa di vedere cosa contenga. Una scatola di preservativi, un bloc-notes vuoto e due penne nere. I preservativi non sono una grande sorpresa, e sicuramente non ci sono segreti inconfessabili in quel cassetto.

Sento movimento dall'altro lato della porta e mi fermo vicino al comò di Levi. Probabilmente sta mandando Amelia nella sua stanza a vestirsi, prima di accompagnarla di sotto per farla salire in auto.

Frugo ancora nel suo comò. Non c'è niente di interessante. Prendo un paio dei suoi boxer e me li infilo, uscendo dalla camera da letto.

Levi è di sotto, con la porta d'ingresso aperta. C'è movimento fuori. Probabilmente sta avvertendo Douglas di stare attento al mio ex marito. Anche se Douglas non saprà che aspetto abbia, a meno che non lo cerchi su internet.

Qualche minuto dopo, Levi rientra e alza lo sguardo verso di me, in piedi in cima alle scale. «Sei tremendamente sexy, *Ladra di Mutandine*,» mi prende in giro.

«Direi piuttosto Ladra di Boxer,» lo correggo. «Questi non sono slip.» Indico la stoffa a quadri e muovo i fianchi per enfatizzare. Sono morbidi e super comodi. Li indossa per dormire?

Sale le scale a grandi passi e mi insegue mentre corro lungo il corridoio. Non so assolutamente dove sto andando. La sua casa è enorme e sono passate settimane da quando mi ha fatto fare il giro.

Levi è più alto e mentre si avvicina, scorgo una seconda scala a chiocciola che porta al terzo piano.

Lancio uno sguardo oltre la spalla verso di lui, e quel secondo in più gli dà il tempo di raggiungermi. Mi afferra per i fianchi e mi solleva sulla sua spalla.

«Mettimi giù!» rido. «Ti farò venire un infarto.» Perché quest'uomo deve sempre dimostrare che può sollevarmi?

Mi dà una pacca sul sedere e mi riporta nella sua camera da letto, aprendo la porta. Mi butta sul letto.

Una risata mi sfugge dalle labbra.

«Sei nei guai,» ringhia, e si china, coprendo il mio corpo con il suo.

«Mi piacciono questo tipo di guai,» dico con un sorrisetto mentre mi bacia. Apro la bocca e mi rilasso contro il letto, non volendo che lui vada da nessuna parte oggi. È ancora nei suoi boxer e non indossa altro.

Le mie dita giocano con l'elastico in vita, desiderose di liberarlo dai suoi vestiti.

Levi ridacchia e si tira indietro dopo un'intensa sessione di baci. «Abbiamo una giornata impegnativa davanti a noi. Ho bisogno che tu faccia qualcosa per me.»

«Certo, qualsiasi cosa,» dico, guardando negli occhi ardenti di Levi.

«Rimani vestita esattamente così per tutto il giorno.»

«Stai scherzando?» rido, con le guance che bruciano.

Scuote la testa. «Sei maledettamente sexy, e mi farà lasciare il lavoro prima sapere che indossi i miei boxer e nient'altro,» dice, sollevandomi la maglietta che mi ha prestato sopra la testa e lanciandola dall'altra parte della stanza.

«E quando Amelia torna a casa?»

È impazzito? Ha perso la testa? Non sta dormendo abbastanza.

«Allora suppongo che dovrò batterla sul tempo.» Mi lascia un bacio sulle labbra e si tira indietro con un gemito. «Vorrei baciarti altre mille volte, ma se lo faccio, non me ne andrò mai.»

«Allora resta,» dico, avvolgendogli le braccia attorno al collo, tirandolo più vicino a me. «Non vedo il problema.»

Ridacchia e preme forte le labbra contro le mie. «Donna, se potessi restare a letto con te tutto il giorno, lo farei. Devo assicurarmi che tu e Amelia siate al sicuro.»

Il mio corpo si tende alle sue parole. «Zander.»

Levi annuisce e scende dal letto. «Vieni?» chiede, con un sorriso malizioso.

CAPITOLO 14

Levi

Anche se ho assunto Declan per condurre un'indagine approfondita su Zander Mitchell, ho anche incaricato la mia squadra di sicurezza privata di potenziare ulteriori misure.

Inoltre, Douglas, il mio autista, starà con Amelia tutto il giorno. Ha ordini di tenere d'occhio la scuola per assicurarsi che Zander non si presenti.

Douglas è un ex militare con addestramento nelle operazioni speciali. È per questo che è il mio autista. Può sembrare un incarico al di sotto delle sue capacità, ma è la mia scorta di sicurezza, guardia del corpo quando esco, e ha abilità straordinarie in caso ci trovassimo coinvolti in un inseguimento ad alta velocità.

Lo pago profumatamente per il suo servizio, e mentre molti sanno che è solo il mio autista, pochissimi sono a conoscenza del suo addestramento al combattimento e delle sue capacità speciali.

È più sicuro così, e protegge lui e la sua famiglia. Ha una moglie e dei figli.

Se succedesse qualcosa a Douglas, sua moglie Maria mi farebbe uccidere.

Contatto la mia squadra di sicurezza e Declan, raccogliendo tutto il possibile su Zander. Non c'è molto di interessante. Nessun precedente. Nessun mandato di arresto. Peccato. Il tipo è pulito. Il suo conto in banca è considerevolmente basso, e i depositi in entrata non sono granché. Una bella somma da parte mia con la richiesta di lasciare la città potrebbe effettivamente funzionare.

Contatto il mio avvocato aziendale e gli faccio preparare i documenti da inviare a Zander. Dovrei probabilmente consultare Clare prima di procedere con l'offerta. È lei che lo conosce meglio e sa come reagirà.

Seduto alla mia scrivania in ufficio, le mando un messaggio sul suo nuovo telefono con il nuovo numero.

Cosa indossi?

Me la immagino sorridere al messaggio. Preferisco che pensi che sono audace e non sdolcinato.

Mi risponde, e giuro che il mio sorriso non potrebbe essere più grande. *Nient'altro che un sorriso*.

Posso chiamarti? Questioni di lavoro.

Certo. Metterò le mie mutandine da adulta. Intendo le tue mutandine. Intendo boxer. Diamo la colpa al correttore automatico.

Sorridendo, clicco sul suo contatto e premo il pulsante di chiamata sul cellulare. Avrei dovuto optare per una videochiamata. Tuttavia, non mi avrebbe aiutato a calmarmi con tutto quel flirtare.

«Ehi, che succede?» chiede Clare. C'è un accenno di preoccupazione nel suo tono.

«Niente di grave. Volevo sottoporti un'idea.»

«Spara.»

Sorrido e mi appoggio allo schienale della mia poltrona in pelle. «Ho parlato con Declan e il team di Eagle Tactical. Non c'è niente di compromettente su Zander.»

«Immaginavo. Fa più danni emotivi che fisici,» dice Clare. «È il classico narcisista.»

Il mio stomaco si contrae al suo commento. «Abbiamo fatto alcune ricerche, e sembra decisamente che sia in difficoltà economiche, e viva stipendio per stipendio.»

«Non è così per tutti?» C'è un pesante silenzio sulla linea. «Scusa, intendevo solo che sì, il suo lavoro a malapena copre le spese. Quando mi ha fatto lasciare il lavoro, è stato difficile pagare il mutuo e le utenze in tempo. Qual è il punto?»

«Prepariamo un contratto con il mio avvocato e offriamo di pagare Zander per andarsene.»

«Andarsene?» chiede Clare. «Non capisco. Dove dovrebbe andare? Non vive dall'altra parte della strada. Mi sta molestando.»

«Lo so. E nel contratto sarà stipulato nessun contatto con te, Amelia o me. Questo include telefono, internet, messaggi, email, posta ordinaria, tutto. Non potrà vivere nello stato di New York o entro centoventuno chilometri da New York City.»

«E pensi davvero che funzionerà?» chiede. «Dovrebbe trasferirsi. Il suo lavoro e l'appartamento sono in città.»

«È per questo che ti sto chiamando,» dico. «Se gli offrissi un milione di dollari, pensi che accetterebbe?»

Clare esala un respiro pesante. «So che io lo farei.»

Il mio sopracciglio si contrae al suo commento. Non mi piace sentire che per un milione di dollari lascerebbe Amelia e me.

«Prenderesti un milione di dollari e non mi vedresti mai più?» chiedo. Non dovrei andare lì. Dovrei lasciar perdere la domanda prima che sfugga di mano.

«Io... sono molti soldi, Levi. Non credo tu capisca quanto sia, cosa potrei fare con un milione di dollari.»

Esalo un respiro pesante e faccio una smorfia. «Wow.» Non è il momento di iniziare una lite o discutere con lei.

«Ti rendi conto che nessuna somma di denaro sarebbe sufficiente a tenermi lontano da tua figlia, vero?.»

«Suona inquietante,» lo avverto scherzosamente.

«Beh, non era inteso in quel modo. Ma più ci penso, più credo che Zander accetterà le tue condizioni. Dovresti però specificare chiaramente quali sarebbero le conseguenze se infrangesse le regole.»

«Certo,» dico. «Il mio avvocato si occuperà di tutto. Volevo solo parlartene prima di inviare la lettera.»

«Posso vedere la bozza prima che la inviate?» chiede Clare.

«Certamente.»

Termino il lavoro in ufficio, stampo una copia cartacea del contratto che il mio avvocato ha redatto e la inserisco in una cartellina. La ripongo nella mia valigetta insieme a una dozzina di altri fascicoli che la mia assistente mi ha lasciato da esaminare.

Mentre esco, so già che non riuscirò ad arrivare a casa prima di Amelia. È praticamente impossibile. Lei esce dall'asilo a mezzogiorno. Sono quasi le cinque. La giornata è volata e non vedo l'ora di trascorrere la serata con Clare tra le mie braccia.

Douglas mi viene a prendere dall'ufficio.

«Novità?» chiedo.

«Nessuna traccia di quel fallito,» dice Douglas. «Ho una squadra di sicurezza che sorveglia la tua casa. Per quanto tempo pensi che rappresenterà un problema?»

«Non a lungo. Il mio avvocato ed io abbiamo un piano solido che lo terrà lontano dalle ragazze.»

Douglas annuisce. «Spero che il piano che avete preparato funzioni. Non vorrei mai trovarmi contro di te.»

Sorrido e mi rilasso sul sedile posteriore. Sono ancora più tranquillo quando oltrepassiamo il cancello d'ingresso. Porto con me la valigetta in casa.

Dalla cucina provengono risate e risolini.

August è in piedi vicino all'ingresso della cucina. È altamente raccomandato e ha lavorato ampiamente all'estero con Douglas. Mi fa un breve cenno con il capo, la sua attenzione concentrata sulla proprietà e sulla sicurezza delle mie due ragazze.

Clare e Amelia stanno cucinando insieme, entrambe con un grembiule. È una scena assolutamente adorabile.

Potrei abituarmi alla presenza di Clare qui, e non solo come tata.

«Ehi, sei tornato!» esclama Clare con un sorriso e gli occhi spalancati. Slaccia il grembiule e se lo sfila dalla testa.

«Non devi farlo per me,» dico. I miei occhi scrutano il suo corpo. È un peccato che non indossi più i miei boxer, ma porta comunque la mia maglietta e i suoi leggings neri.

Tutto su Clare è incredibilmente sexy. Come ci riesce?

Mangiamo come una famiglia, finiamo la cena e puliamo i piatti. Dopo, Clare rimane in bagno con Amelia mentre fa la doccia e si prepara per andare a letto. Leggo alla mia bambina una storia della buonanotte e la metto a letto, prima di spegnere le luci.

«Siamo solo noi due,» dice Clare, squadrandomi con un sorriso malizioso.

«August è di sotto.» Le ricordo che abbiamo compagnia. Tuttavia, non è un ospite. È qui per lavoro, e tutti quelli che lavorano per me firmano sempre un accordo di riservatezza. «Inoltre, volevo che dessi un'occhiata ai documenti che l'avvocato ha redatto. Dimmi sinceramente cosa ne pensi.»

«Temi che non sarò sincera?»

«Mai,» rispondo, e le prendo la mano, conducendola al piano di sotto. Afferro la mia valigetta e la pila di cartelle, portandole nello studio di casa. Accendo le luci e lascio cadere la pila di fascicoli sopra quelli già presenti sulla mia scrivania.

«Hai portato a casa molto lavoro.»

«Non molto, solo cose che Nancy vuole che esamini.»

«Nancy è...» Si interrompe.

«La mia assistente. Sei gelosa?» Un sorriso mi tira l'angolo delle labbra.

«No.» Incrocia le braccia sul petto, con il labbro inferiore sporgente e sexy.

«Hai mai fatto sesso nel tuo ufficio?» chiede Clare, e poi fa una smorfia. «Aspetta, non sono sicura di voler conoscere la risposta.»

«Mai con una dipendente.» La guardo da capo a piedi. Sta suggerendo quello che penso?

Lei spazza via i fascicoli dalla mia scrivania. I fogli non rimangono nelle rispettive cartelle, ma volano disordinatamente ovunque.

Gemo e mi precipito a ripulire il disordine. Non sono nemmeno sicuro di cosa ci fosse nei fascicoli e quanto sarà difficile riorganizzarli. Nancy mi ucciderà domani quando glieli restituirò completamente in disordine, con gli elementi sbagliati nelle cartelle sbagliate.

E se le spiegassi il perché, non la smetterebbe più di prendermi in giro.

Sono chinato, intento a recuperare il contenuto e cercando di sistemare quello che posso, rimettendo nelle cartelle corrette le pagine che sono ancora parzialmente in ordine e sporgono dai fascicoli.

Clare si accovaccia per aiutare. «Scusa, credo di essermi lasciata un po' prendere la mano.» La sua voce si affievolisce mentre raccoglie un foglio che si è separato dalla sua cartella. «Stai ancora cercando una tata sostitutiva?»

«Stavo tenendo le opzioni aperte nel caso in cui decidessi di licenziarti. Ma non voglio una tata sostitutiva per Amelia. Voglio te.»

«Per Amelia,» dice lei.

«Beh, non voglio che tu faccia la tata a me.» Sorrido e la tiro in piedi, dimenticando per un momento le cartelle. «Mi piaci davvero, Clare, o come Amelia ama chiamarti, Clare l'Orsetta.»

«Hai intenzione di chiamarmi così anche tu?» Il suo naso si arriccia nel modo più adorabile, e le sue guance si arrossano.

Come potrei non farlo? Mia figlia non fa che parlare dell'Orsetta Clare e di come sia la migliore tata e la sua persona preferita in tutto il mondo. Ovviamente, esclusa sua madre, che le manca. A volte penso che Amelia preferisca persino Clare a me. Ma effettivamente, passa più tempo con la sua tata che con me.

Le cingo la vita con le braccia, tirandola verso di me per un abbraccio. «Ti prometto che il mio interesse ad assumere un'altra tata è inesistente. Ma tu mi hai detto che avresti presentato le tue dimissioni durante il volo di ritorno.»

«E tu non le hai accettate.»

«Questo non significa che tu non possa uscire dalla porta principale.»

«Pensi davvero che lo farei?» chiede, guardandomi dal basso.

Le accarezzo la guancia, il pollice che le sfiora la mascella. «Spero di no, ma stiamo ancora imparando molto l'uno dell'altra.»

Stiamo insieme solo da poche settimane. È tutto ancora nuovo.

«Vero.»

«Il che mi ricorda che non ti ho ancora pagata per i tuoi servizi come tata.»

Si allontana dalla mia portata. «Cosa? Ho una casa meravigliosa in cui vivere e cibo in abbondanza. Non mi serve altro.»

«Beh, se avessi assunto una di quelle tate a terra,» dico, indicando il pavimento in marmo e le decine di pagine sparse che coprono i nostri piedi, «dovrei pagarle uno stipendio. E visto che sto per fare un'offerta generosa al tuo ex marito ubriacone, il minimo che possa fare è pagarti adeguatamente.»

I suoi occhi si allargano e la sua bocca si chiude. Si morde le labbra. «Non so cosa dire.»

«Che ne dici di duecentomila all'anno?» chiedo, «E questo è solo per te. Qualsiasi spesa che sosterrai per Amelia ti sarà rimborsata.»

«È troppo,» dice Clare. «Io non... non dovresti pagarmi.» Si libera dalla mia stretta, incrociando le braccia sul petto in modo difensivo. La sua fronte è tesa, corrugata. Sembra turbata.

Ho detto o fatto qualcosa di sbagliato?

«Perché no?» chiedo.

«Stiamo dormendo insieme, Levi. Mi fa sentire sporca, come se fossi una prostituta.»

Mi avvicino, afferrandole la mano e tirandola verso di me. «Smetteremo di dormire insieme se questo risolverà il problema.»

«Sai che non lo farà,» dice, e abbassa lo sguardo sulle nostre mani intrecciate. «Per due volte siamo finiti a letto insieme. Sembra piuttosto inevitabile.» C'è un lieve sorriso sul suo viso, come se non volesse rinunciare a quella parte, e apparentemente, preferirebbe rinunciare ai soldi piuttosto che alla cosa che stiamo esplorando.

«Ti prometto che se non dormissi con te e assumessi un'altra tata, le pagherei comunque questa cifra per tenerla. Assumere personale competente costa.»

«Mi stai pagando troppo,» dice Clare.

«Preferiresti che ti pagassi la metà?» Non posso credere che stia discutendo e cercando di convincermi a non darle uno stipendio più che equo. Non ha nulla a che fare con il fatto che dormiamo insieme.

«No, io...» Si interrompe, mordendosi il labbro inferiore.

Mi sporgo in avanti, baciandola, costringendola a smettere quel gesto, e lei si rilassa al mio tocco. «Ti voglio, Clare. Ti voglio nella vita di Amelia. Ti voglio nella mia vita. E voglio pagarti quello che vali. Perché non riesci ad accettarlo?»

«Va bene,» dice timidamente. «Mi hai convinta.»

Rido. Appoggiando la mia fronte contro la sua, le sposto una ciocca di capelli dietro l'orecchio.

«Sinceramente, pensavo che avresti tirato fuori un milione per me visto che stavi pagando un milione a Zander.»

«Un milione lo avresti accettato, ma meno di un quarto di quella cifra è troppo?» A volte non riesco a capire come funziona la sua mente.

«No, sto solo dicendo che questo è stato il primo pensiero che mi è venuto in mente, e sono andata nel panico. E poi quando hai detto duecentomila, mi sembrava comunque tanto. Sto divagando.»

Premo le mie labbra contro le sue, le mani sui suoi fianchi, sollevandola sulla mia scrivania. «Questo è quello che volevi, vero?» dico, guidando Clare a sdraiarsi sulla schiena.

«Sì, ma a dirla tutta, non possiamo semplicemente salire in camera tua? Quella guardia che hai assunto probabilmente può sentirci, e francamente, non sono una fan del voyeurismo.»

«Che peccato. Avrebbe potuto essere piccante, e avremmo potuto offrirgli uno spettacolo.»

«Uno spettacolo che finirebbe su internet.» Mi colpisce sulla spalla e si mette seduta.

«Macché, ha firmato un accordo di riservatezza. Sa bene che lo denuncerei e non verrebbe più assunto da nessuna parte.» Ho la reputazione di essere duro ma giusto.

Scende dalla scrivania, e raccogliamo i fascicoli e le cartelle dal pavimento per impilarli disordinatamente sulla scrivania. Sarà un caos da sistemare domani al lavoro. Clare prende un fascicolo, e la lettera dell'avvocato ne fuoriesce, cadendo con grazia sul pavimento.

La raccolgo. «Questa è la corrispondenza che prevediamo di inviare al tuo ex.» Gliela lascio leggere, in attesa del suo parere.

«Penso che vada bene. Voglio dire, crederà di aver vinto alla lotteria con il tipo di offerta che gli stai facendo.»

«Non pensi che sia troppo bassa?» chiedo. Non che io voglia dare a quel bastardo nemmeno un centesimo di più, ma voglio che l'offerta sia sufficiente a fargli voltare la testa e andarsene, non a sfidarci per un compenso maggiore.

«Un milione di dollari? Sarebbe pazzo a non accettare.»

La fisso, senza battere ciglio.

Lei ride, rendendosi conto che lui è pazzo. «Va bene. Accetterà. Sono stata sposata con lui per sei anni. Lo conosco abbastanza bene per giudicare che accetterà l'accordo. Era un cacciatore di denaro, ha sempre amato i soldi più di me.» Si ferma e i suoi occhi hanno un sussulto.

«Che c'è?»

«Lui sa che lavoro per te. Non è un segreto che tu sia miliardario. Mi chiedo se questo fosse in qualche modo il suo piano finale. Cercare di ottenere un pagamento enorme.»

Mi agito a disagio per la sua osservazione.

Zander avrebbe potuto prendere di mira Amelia o Clare per un riscatto e ottenere molto più di un milione di dollari. Ma è per questo che ho Douglas e un sistema di sicurezza all'avanguardia. Il bastardo non sarebbe il primo uomo ad aver pensato di rapire un familiare di un miliardario.

Deve funzionare.

E se i soldi non bastassero a farlo andare via, ci sono altri modi per zittirlo e tenerlo lontano dalla mia famiglia.

«Quanto presto sarebbe obbligato a lasciare la città?» chiede Clare.

«I dettagli sono tutti qui.» Tocco la cartella. «Beh, c'erano. La prima pagina conteneva la logistica di base. I dettagli specifici e le conseguenze del mancato rispetto dei termini dell'accordo sono da qualche parte sul pavimento. Ma avrà sette giorni, o se volesse il pagamento trasferito immediatamente, allora dovrebbe partire entro dodici ore.»

«Non gli dà molto tempo per fare i bagagli.»

«Fa parte dell'accordo. Forniremo i traslocatori e ci faremmo carico delle spese per portarlo fuori da New York City. Il primo mese d'affitto verrebbe gestito come parte del pacchetto di spese di trasferimento, e pagheremmo qualsiasi termine rimanente del suo contratto d'affitto.»

«Wow.»

«È un buon accordo,» dico.

«Più di quanto quel bastardo meriti. Mi ha tormentata, terrorizzata, e viene premiato per il suo comportamento. Non è giusto, neanche lontanamente. Potremmo stracciare questo e trasferirci noi tre in un posto caldo come le Hawaii o i Caraibi. Non puoi lavorare da qualsiasi parte? Oppure potremmo comprare un hotel in una di quelle destinazioni esotiche e gestirlo noi stessi.»

Un sorriso sfiora il mio volto. «Amelia va a scuola, e per quanto quel pensiero sia delizioso, non voglio rischiare che questo tuo pazzo ex marito ci insegua in giro per il mondo.»

«E se ci trasferissimo noi comunque, un giorno?» chiede Clare.

«Non possiamo impedirgli di vivere dove vuole, purché sia lontano da noi. Se ci trasferiamo, indagheremo sui suoi spostamenti. Se ci segue, lo combatteremo, e credimi, ho i migliori avvocati del settore.»

Mi stringe la mano e mi tira contro di lei in un forte abbraccio. «Grazie.»

Passo la mano sulla sua schiena in cerchi dolci e

lenitivi. «Farei qualsiasi cosa per te. Spero che tu lo sappia.»

«Lo so,» dice con una risata nervosa.

«Cosa?» chiedo, curioso di sapere cosa le ha fatto arrossire le guance.

«Ho appena detto 'lo so'.» Sorride e stringe gli occhi. Sembra Amelia, giovane, spensierata, senza una preoccupazione al mondo. So che abbiamo una lunga strada tortuosa davanti a noi, ma con Clare, so che non mi spezzerà il cuore, e so che non frantumerebbe mai il suo.

EPILOGO

CLARE

Un anno dopo

«Papà, posso nuotare con i delfini?» chiede Amelia mentre siamo accampati sulla spiaggia delle Hawaii.

Il cielo è luminoso e soleggiato, l'aria calda ma non tanto da costringermi a immergere i piedi nell'acqua. Mi rilasso su una sdraio con un libro in mano, ma la mia attenzione non è rivolta al romanzo.

Non riesco a smettere di fissare Levi.

È in piedi. Il suo costume da bagno bagnato gli aderisce al corpo e gocce d'acqua gli scendono lungo le gambe. Si è abbronzato durante le prime due settimane della nostra epica vacanza, e abbiamo in programma altre due settimane insieme per saltare da un'isola all'altra, dalle Hawaii a Kauai, dove è più remoto e meno affollato.

Non sono sicura di come se la caverà Amelia, ma Levi insiste sul fatto che ha pianificato escursioni e giornate in spiaggia.

«Andiamo!» Levi afferra Amelia e la solleva in aria sopra la sua testa come se fosse Supergirl mentre corre giocosamente verso l'oceano.

«Non lasciarmi!» strilla lei quando le prime onde gli bagnano le gambe.

«State attenti!» grido dalla mia sdraio. Se la lascia cadere, ci saranno troppe lacrime. Non ha paura dell'acqua e non vorrei che questo cambiasse.

Levi porta Amelia al livello dell'acqua, e lei urla e ridacchia, probabilmente per il cambio di temperatura. Anche se l'acqua non è gelida, ci vuole comunque qualche secondo per abituarsi. Non è calda come quella di una vasca da bagno.

Qualche mese prima del nostro viaggio, Levi ha iscritto Amelia a lezioni di nuoto. Aveva già fatto lezioni di base in passato; sapeva stare a galla, ma non era a suo agio a bagnarsi il viso. È stato un buon punto di partenza per l'istruttore.

Ora, la bambina vuole nuotare con i delfini. Guardo il mio libro e capisco che non riuscirò a leggere un'altra parola mentre quei due nuotano nel Pacifico.

Mi alzo, tolgo gli occhiali da sole e li abbandono sulla sdraio insieme al libro, mentre mi dirigo verso l'acqua.

Non posso credere che sia passato un anno da quando ho iniziato a lavorare come tata di Amelia. È cresciuta molto, quasi irriconoscibile ora che ha sviluppato la propria personalità.

Siamo tutti cambiati.

E ci sono stati cambiamenti tutt'intorno a noi.

Connor è stato licenziato dalla direzione del Luxenberg. Lavora ancora per l'azienda; Levi insiste che se riceve uno stipendio, deve farlo lavorare. Ora, Connor è in ufficio, lavora sotto Levi e gestisce gli ordini della catena alberghiera per i prodotti per gli ospiti come shampoo, balsami, saponi. Non è affatto un lavoro prestigioso come sembra.

«Orsetta Clare!» grida Amelia agitando la mano verso di me quando mi vede arrivare per unirmi a loro. Mi precipito in acqua, tuffandomi tra le onde, lasciando che le goccioline mi inzuppino per abituarmi al freddo.

Dopo pochi secondi, l'acqua diventa piacevole rispetto al sole cocente sulla mia pelle. Ho il viso accaldato. Sono probabilmente rossa come un'aragosta, ma Levi mi ha messo la crema solare più volte. Le sue mani si sono sempre soffermate un po' più a lungo del necessario davanti allo sguardo innocente di Amelia.

«Ci hai raggiunti,» dice Levi, raggiante e in piedi sul banco di sabbia. Non siamo lontani dalla riva, ma l'oceano si abbassa e poi si alza. In lontananza, quando siamo arrivati in spiaggia, c'era della roccia lavica vecchia e indurita da oltrepassare. Questa spiaggia è perfetta per nuotare, con rive sabbiose e morbide, a differenza di alcuni punti che abbiamo esplorato prima, che si sono rivelati ottime insenature per lo snorkeling ma non ideali per rilassarsi sulla sabbia.

«Papà.» Amelia nuota verso Levi e gli avvolge le braccia intorno al collo.

Lui la tiene per la vita, aiutandola a stare sopra l'acqua. Anche se non è profonda per noi, supera comunque la sua testa se sta in piedi.

«Ti ho presa,» dice Levi. «Non lascerò che succeda niente a te, a nessuna di voi due.» Mi guarda dritto nell'anima e so che intende ogni parola.

Mi ha protetto da Zander. L'offerta inviata dall'avvocato al mio ex marito è stata sufficiente per fargli preparare il bagaglio a mano e trasferirsi in Messico, dove può vivere nel lusso.

Levi lo tiene ancora d'occhio. I ragazzi della Eagle Tactical ci avviseranno se il passaporto di Zander viene utilizzato per entrare nel paese.

È passato solo un anno, ma è stato il miglior anno di silenzio radio che potessi sperare e, a quanto pare, si è trovato una diciottenne di cui ossessionarsi, il che mi rende felice. La sua attenzione non è più concentrata su di me.

È come se mi fossi tolta un peso e finalmente posso respirare di nuovo.

«Papà.» La voce di Amelia è melodiosa, dolce e allegra. «Posso avere una sorellina?»

«Devi chiedere alla tua mamma,» dice Levi con un sorriso che si allarga.

«Possiamo?» chiede Amelia, con gli occhi spalancati. Il fatto che Levi non abbia detto di no, apparentemente significa sì per la bambina. «Non stai ringiovanendo.»

Sgrano gli occhi. «Le hai insegnato tu questo? Le hai detto di chiedermi se può avere una sorellina?» chiedo, dando un pizzicotto a Levi.

«Ahi!» strilla lui, e ride, spruzzandomi. «Perché l'hai fatto?»

«Non l'ha imparato da sola. Se vuoi un bambino, devi solo chiedere.» Lo fisso, sorridendogli. Lo bacerei, ma Amelia è avvinghiata al suo collo e non voglio che anneghi mentre noi due ci baciamo come due adolescenti con gli ormoni impazziti.

«Voglio una sorellina!» dichiara Amelia. «Possiamo averne una?»

«Intendevo tuo padre,» dico, e stampo un bacio sulla guancia di Amelia e poi uno sulle labbra di Levi. È morbido e dolce, una promessa di ciò che verrà dopo, stasera, quando saremo a letto insieme.

«Possiamo avere una bambina?» chiede Levi, con le guance arrossate mentre inclina la testa, con i suoi occhi azzurri e le lunghe ciglia che mi rubano il cuore ogni volta.

«E se fosse un maschio?» chiedo, sorridendo.

«Allora suppongo che dovremo continuare a provare.» Levi ride e mi dà un bacio sulla fronte. «Ti amo, tantissimo.»

«Anch'io ti amo.»

L'AUTORE

Willow Fox ama la scrittura da quando ancora andava al liceo (molte ere fa). I suoi romanzi ambientati in provincia, riflettono la vita delle piccole città dell'America rurale.

Che stia scrivendo romanzi romantici o seduta all'aperto accanto al fuoco a leggere un buon libro, Willow adora le pagine colme di parole di scritte.

Sogna il colpo di fulmine e spera di riuscire a farlo scattare nei suoi lettori!

Visita il suo sito web:

https://shopwillowfox.com

Eagle Tactical Series

Svelato: Jaxson

Invisibile: Mason

Nascosto: Lincoln

Infiltrato: Jayden

Matrimoni Di Mafia

Voto Segreto

Voto Prigioniero

Voto Selvaggio

Voto Non Voluto

Voto Spietato

Fratelli Bratva

Boss Brutale

Boss Diabolico

Boss Possessivo

Boss Ossessivo

Boss Pericoloso

Padre Single Autoritario

Il Burbero Miliardario